Presented by Kaho Matsuyuki

Illustration by Ryou Mizukane

香坂涼聖《こうさかりょうせい》

診療所の医師。琥珀と陽と共に暮らす、かなり幸せな男。琥珀とイチャイチャする時間が減ったのが悩みの種。

琥珀《こはく》

かつて八本の尻尾を持っていた神社の神様。涼聖の愛の力により、最近四本目の尻尾が生えてきた。ツンデレである。

陽《はる》

ちび狐。妖力を持って生まれたため、琥珀に預けられることに。食べることが大好きな育ち盛り❤

伽羅

きゃら

間狐。幼い頃に琥珀と出会い、心酔。彼を追って香坂家に転がり込む。最近は多少空気を読むように。

橡&淡雪

つるばみ&あわゆき

烏天狗の長。五年を経て孵った弟・淡雪の子守で心が折れそうになることも……。倉橋とようやくカップルに!

倉橋

くらはし

涼聖の先輩医師。元は東京の病院勤務だったが、期間限定で地方の救命医療をサポート中。淡雪に気に入られている。橡の彼氏。

岩月孝太

いわつきこうた

宮大工である佐々木の弟子。陽とは仲良しで、いいお兄ちゃんポジション。

CONTENTS

CROSS NOVELS

CONTENTS

狐の婿取り

神様、進言するの巻

Presented by
Kaho Matsuyuki
with
Ryou Mizukane

Presented by
松幸かほ

Illust
みずかねりょう

CROSS NOVELS

1

「ひがしでのおばあちゃーん、こんにちはー」

集落に暮らす東出《ひがしで》家の玄関の扉をあけて、陽《はる》が声をかける。

ややすると家の奥から住民である老女が出てきた。

「あらあら陽ちゃん、こんにちは」

笑顔で出迎えてくれた老女に、陽はもう一度「こんにちは」と挨拶をしてから、

「あのね、あした、しんりょうじょがおやすみだから、りょうせいさんとおかいものにいくの。それでね、おばあちゃんのところのおかいものをききにきたの」

陽は来訪の用件を告げる。

それに老女は、

「可愛い御用聞《ごようき》きさんじゃこと。ちょっと待っててね」

そう言うと家の奥に一度戻り、少ししてからメモ書きと、それから飴玉《あめだま》を持って戻ってきた。

「ここに、お買い物をお願いしたいものが書いてあるから、若先生に渡してね。それから、これは陽ちゃんにお駄賃」

「いいの？　おばあちゃん、ありがとう！　いただきます」

陽は満面の笑みを浮かべると、飴玉の袋を破って口に放り込む。

「あまーい、おいしー」

広がる甘さに、陽の顔がもっと嬉しそうになる。それに老女も微笑みを深くする。

「じゃあ、これ、ちゃんとりょうせいさんにわたして、おかいものしてくるね！」

陽はメモをポシェットにしっかりしまい、言う。

「お願いねぇ。陽ちゃん、これからまだ他のおうちも回るの？」

「うん。おおさわのおばちゃんのところと、きたはらのおばあちゃんのところと、にしおかのおばあちゃんのところにいくの」

順に答える陽に、

「気をつけてね。最近、集落を通る車が増えてるから、事故に遭わんようにね」

心配そうに言う老女に、陽はうん、と頷《うなず》き、「じゃあ、いってきます」と挨拶して、東出家を後にした。

道路の崩落事故から二ヶ月近くが過ぎたが、復旧に手間取り、未だに通行止めが続いている。

そのため、集落の住民は不自由な生活を強いられていた。

あの道路は集落から一番近い街への唯一の道路で、そこが使えない今は、逆方向の街に出なくてはならないのだが、遠くてこれまでよりも時間がかかる。

それでも逆方向の街で事足りる用事ならばいいのだが、総合病院にかかっていた患者はそこから総合病院に向かわねばならないので、かなり時間がかかる。

そこに勤務している倉橋《くらはし》——成央に戻る件を断り、正式に赴任という形になった——も、

「車だと倍以上の時間がかかるね。患者さんは、向こうの街に出れば電車があるから街までは少し早く着くけれど、そこからまたバスだから、これまでよりもかなりの負担だね」

と思案顔で話していた。

だが、困っているのは総合病院に通っている患者だけではない。

一番切実な問題が、買い物だ。

集落で買い物ができるのは、個人商店一軒だけだった。

その商店も消費期限の長いものは別として、それ以外の生鮮食品は事前に集落住民からの注文を受けて、週に二度仕入れて販売という形だった。

だが、それで集落住民の買い物のすべてが賄えていたわけではない。商店が仕入れられる——つまりは車に積める量には限界があるし、商店で取り扱わないものもある。

そういったものなどは、車を持っている住民が、自分の買い物がてら隣近所に声をかけて、用事があればついでに買ってくるという形を取っていた。

今回の崩落事故では、不慣れな道を通ることになる逆側の街までは車を出せないと悩む住民も多く、商店を頼る住民が増え、商店の負担が増えた。

週に二度の仕入れを三度に増やしてでも対応したいと、商店主は思っていたのだが、そもそも

高齢で普段は使わない慣れない道を長時間となると難しいし、商店主の負担が重すぎる、と集落住民のほうから反対があった。

その解決策として出たのが、

「これからずっとってわけじゃないんだから、車を出せる連中で乗り合いしてくか、買い物代行して凌《しの》げばいいんじゃないか？」

という、これまでの「誰かが買い物に行くついでにちょっとお願い」の強化版のような意見だった。

もともと助け合うことが普通になっていた集落なので、「ああ、そうだね」的な軽い感じで全員が賛成し、車を出せる家を中心にグループ分けがされたのは、事故から十日目のことだった。

無論、涼聖《りょうせい》も「車を出せる組」なので、診療所が休みの日に買い物代行をすることになり、陽がその御用聞きに回っているのである。

東出家を出た陽は、次の御用聞きの先である北原《きたはら》家に向かった。

以前、集落の道を通る車の数は少なかった。

この道を利用するのは集落住民くらいだったからだ。

ここよりもさらに向こうにある集落は、反対側の街に出たほうが若干便利なので、この道を通って、倉橋の勤務している総合病院のある街に行くことは滅多になかったからだ。

だが、道路が寸断されている今は、その手前までにある集落の住民も逆側の街へ出なければならないため、交通量が増えた。

陽が北原の家に行くまでに、これまでなら一台も車が通らないことが普通だったのに、三台も行き過ぎた。

——ほんとうに、おくるま、おおいなぁ……。

陽は道の端を気をつけながら歩いて、進む。

すべての家で御用聞きを終えた陽が診療所へと向かって歩いていると、

「陽ちゃーん」

後ろから声がかけられた。

それに振りかえると、スクーターに乗った宮大工の佐々木《ささき》の弟子である孝太《こうた》が笑顔で手を振りながらゆっくりと近づいてきた。

「こうたくん！」

陽も足を止めて手を振り、孝太が来るのを待つ。

「陽ちゃん、散歩っスか？」

陽のすぐ近くに来てスクーターを止めた孝太は、またがったままで問う。

「ううん。あしたのおかいものの、ごようききにいってたの」

「ああ、そうだったんスね。おつかれさま」

「こうたくんも、おしごとおつかれさま」

二人は笑顔で労い合う。

「陽ちゃん、まだこれからどこかのおうちに行くんスか？」

「もうぜんぶおわって、しんりょうじょにもどるところ」

陽が返すと、孝太は、

「じゃあ、診療所まで送るっスよ。超安全運転で」

そう申し出た。

「いいの？」

「もちろん。大した距離じゃないけど、まだまだ暑いから早く帰って涼んだほうがいいっス」

孝太が言った時、道路の端に寄せていたとはいえ、孝太のスクーターが邪魔になったのか、通り過ぎようとした一台の車が短くクラクションを鳴らした。

その音に孝太はちらりと車を見やったが、特にスクーターを避けるそぶりも見せずやり過ごす。

車は徐行して通り過ぎたが、

「充分道幅あるのにクラクションとか、運転に自信がないなら大きな車乗んないほうがいいんスけどね」

孝太は呆れたように呟く。

「さいきん、おくるま、おおいね」

「トンネルの手前にある集落の人たちも、向こうの街へ出るのにこの道使うし、崩落現場を見物に来る輩も多いんスよ。陽ちゃんも、お散歩行く時は車に気をつけないと危ないっスよ」

「うん。さっきもきをつけてねっていわれたから、ちゃんと、みちをあるくときははしっこによって、わたるときは、みぎとひだりをみてるの」

陽の返事に、孝太は「さすが陽ちゃんっスね」と言いながら、シートの下にしまってある陽用のヘルメットを取りだした。

以前、孝太が陽を乗せる時のために購入した空の模様のヘルメットだ。

孝太はそれを陽の頭にしっかりとかぶせると、少し高くなっている後ろに取りつけたチャイルドシートに座らせ、自分もまたがり、腰を下ろす。

「しっかりつかまったっスか？　じゃあ出発進行」

「しゅっぱつしんこー！」

二人で掛け声をして、スクーターは安全運転で診療所へと走り出した。

◇◆◇

集落の住民が不自由な生活に頭を悩ませつつもゆるふわな感じで協力し合って、この局面を乗

り切ろうと頑張っている中、琥珀《こはく》は別の問題で頭を悩ませていた。

例の崩落の原因となった集落跡についてだ。

崩落前に出かけた時には静穏《せいおん》な環境で何も感じなかった。

それなのに崩落が起きた。

今、あの集落跡地は崩落により、集落の形跡があった場所はほとんどが消え去り、残っているのは木々に呑み込まれて自然に還《かえ》っていた場所だけだ。

——俺には、土地神が『消えた』って感覚はねぇんだ——

橡《つるばみ》が言っていたその言葉も気になっている。

崩落前に実際にあの場所へ行った琥珀は土地神の気配を感じなかった。それは伽羅《きゃら》も同様で、ともに、消えたか本霊に戻ったか、という認識だった。

——橡殿は崩落前に現地に入られたことはないと言っていたし、ご自身で他の気配を土地神のものと勘違いしてきたのかもしれぬとも言っていたが……。

だが、橡とて烏天狗《からすてんぐ》の総領として一族と領地を治める男だ。その力は強い。

いくら実際にあの地に行ったことがないからといって、勘違いなどするだろうか？

いろいろと不可解な点が多すぎる。

少しでも疑問を解消するため、そして、今、あの場所がどうなっているのかを確認するために、今夜、伽羅や橡も一緒に現地へ向かうことになっていた。

「陽ちゃん、寝ましたよー」

診療所から戻ってきた陽にシャワーを浴びさせ——診療所で風呂をすませてきていたが、夏場は帰るまでにまた汗をかくことが多いので、軽くシャワーで汗を流させることが多い——寝かしつけまでを担当した伽羅が、陽の部屋から出てきて言う。

琥珀は涼聖と一緒に夕食を取っていたが、丁度食べ終えたところだった。

「橡さんが来たら、行くのか？」

今夜、集落の跡地に行くという話は涼聖も事前に聞いていたので、何気なく聞く。

「いや、橡殿は領地から直接向かわれる」

「現地集合、現地解散ですねー」

琥珀と伽羅がそう返してくるのに、涼聖は頷いた。

「気をつけて行ってこいよ。夜だしっつーか、昼間に行くわけにはいかないから仕方がねぇけど」

昼間は、すぐ下の現場で道路の復旧工事が行われている。

現在、集落跡地は立ち入ることができない状況——通じていた道も、崩落で消えてしまった——で、そこで人影が見えたなどということになればあらぬ噂《うわさ》がたつことになる。

そのため、夜に行動するしかないのだ。

「分かった、心して行く」

琥珀が返事をするのに続いて、

「俺が一緒なんで大丈夫ですよー。琥珀殿には指一本触れさせませんから」

伽羅が請け合う。

「つか、俺がいないからって、おまえもみだりに琥珀に触んなよ」

涼聖が言うと、

「みだりじゃない程度には触っていいと受け止めました」

伽羅は至極真面目な顔で言う。

「なんでそうなるんだよ？　拡大解釈すんな」

「えー、みだりに触るなって言ったの涼聖殿じゃないですかー」

いつも通りの罪がない二人のやりとりに、集落跡のことで少し張りつめていた琥珀の気持ちが多少緩む。

「まったく、そなたたちは相変わらずだ」

琥珀は微笑んでそう言ってから時計を見やった。

「約束の刻限まで今少しあるな」

「あー、じゃあその間に食器洗っちゃえますね」

伽羅は言うと、二人が食べ終えた食器を手早くまとめ始める。

「そういうつもりで言ったわけでは……」

伽羅に食器の片づけを暗に告げたように思われたかと琥珀は言う。

「分かってますって。やっぱり琥珀殿ってお優しい……」

琥珀大好きっ狐《こ》な伽羅は、ささやかな琥珀の気遣いにも最大限感動する。

「ちゃっちゃとやっちゃえば約束の時間までに終わりますから、やっちゃいますね。時間が足りなかったら、涼聖殿に残りを託します」

伽羅の言葉に涼聖は頷きつつ、

「ああ、分かった。でもデキる七尾の稲荷《いなり》なら、時間までにこなすことは簡単なんだろ？」

伽羅の自尊心をくすぐってくる。

「当然ですよー、任せてください」

伽羅は言うと、まとめた食器を盆に載せて台所へと消えた。

「ホントあいつ、マルチにデキる稲荷だよな……」

涼聖が呟くのに、琥珀は密やかに笑った。


予定の刻限に、三人は集落跡地に集まった。

以前、探索した場所は倉橋が巻き込まれた時の崩落で消え去っていた。

そして倉橋を助けるために下りたった場所も、あのあとにさらに起きた小規模な崩落で消えてしまった。

そのため、集まったのは、完全に自然に戻っている木々の中で、探索時には来なかった場所だ。

「今さらですけど、これだけの規模の崩落でよく倉橋先生無事でしたよね……」

伽羅が呟く。

崩れ落ちた土砂の量を考えても、運悪く巻き込まれた倉橋が無事だったのは、神と呼ばれる存在である琥珀たちからしても「奇跡」というよりほかに言葉がなかった。

「それだけ、倉橋殿がなさねばならぬことが多くあるということだろう……」

琥珀はそう返しながらも、自分の言葉が酷く空々しく思えた。

今回の崩落が、ただの「災害」ではないことは感じている。

だが、本当に「自然に起きる災害」――その自然というものを司《つかさど》るものも、また存在するのだが――で命を落とす者たちのすべてが「なさねばならないことがなかった」とは思えない。

命の理《ことわり》を司る身ではない琥珀には、その線引きが如何なるものであるのかは測りかねるが、その線の内に倉橋が留まったことは、本当に「奇跡」だと思えた。

「まあ、とりあえず本当によかったですよ。ね、橡殿?」

伽羅がにやりと笑って橡を見る。

その言葉に橡は一瞬言葉に詰まったが、

「ああ、おかげで淡雪《あわゆき》がご機嫌で助かる」

一番無難な理由を上げて躱《かわ》す。

なぜなら、琥珀が椽と倉橋の関係にどこまで気づいているのかわからないからだ。

「淡雪殿は、今宵は？」

淡雪の名前が出たので琥珀は様子を問う。

淡雪といえば「夜泣き」「ギャン泣き」が枕詞になりそうな勢いなのは、周知の事実だからだ。

「今夜は雛《ひな》に戻って家で寝てるんで、藍炭《あいずみ》が見てくれてる」

「それはよかった。だが、早めに終わらせて帰ってさしあげたほうがいいだろう」

琥珀の言葉で、三人は集落跡地の探索をし始めた。

それぞれ別の方角から探索を始め、ぐるりと一周、三人ですべての場所を探索漏れや見逃しがないようにして行ったが、奇異に感じるものは何もなかった。

「以前、椽殿が感じておいでだった、土地神の気配は、今は？」

琥珀の問いに椽は頭を横に振る。

「いや。崩落直後に感じなくなってた。あの夜にここに来た時ももう何も感じなかった。……今となっちゃ、何の気配だったのか確認のしようもねぇ」

「それとは別に、奇妙な気配があるって言ってましたよね。あれはどうなんですか？」

伽羅が問い重ねる。

以前椽の領地に、土地神でもなんでもないものの気配が流れ込んできたことがあった。

悪意を感じるようなものではないが、さりとて普通ではないその気配に、椽は琥珀たちに注意を促しにきたのだ。

「いや、その気配もねぇ」

もし、あの気配に何らかの害意でも含まれていれば、崩落だと分かったかどうかは別として、よくないことが起きる前兆として捉えることができただろう。

だが、そうではなく「とにかく何かが普段と違う」という感じだった。

「それに、あれも、あの時の一度きりだ」

椽の言葉に琥珀と伽羅は少し考えるような顔をする。

「一度きりならば、今回の件とは別物と考えるべきか……」

「関係ないとは言いきれないかもしれませんけど、肝試しに来てた人たちがいた痕跡はありましたし、あのあと、そういった人たちが来てて、いわくのある場所でオカルトめいた儀式でもやったのかもしれませんねー。それで奇妙なものが一瞬集まったっていう線も可能性としてはアリかなーとは思うんですけど……」

伽羅は首を傾げながら思いつく案を口にする。

だがその程度のことで崩落を引き起こすようなモノを呼びよせたとも思えない。なんらかの作用はした可能性はあるが、程度は知れているだろう。

「そのような者たちを集めた要因は、やはりあのトンネルにまつわる事故だと思うが……」

琥珀はそう言って、崩れ落ちた山の斜面にぽっかりと口を開いている旧トンネルへと視線を向けた。

「念のために、確認したほうがいいですねー」

伽羅の言葉に、

「俺が行くか？」

橡が申し出たが、

「いや、誰が見ているか分からぬゆえ……、伽羅殿、頼めるか」

琥珀が伽羅に視線を向ける。伽羅は頷き、

「じゃあ、ちょっと目を飛ばしますねー」

そう言うと軽く目を閉じた。

そしてややしてから目を開けると、

「いえ、やっぱり何もありませんね。気配も静かですし……」

探索の結果を告げる。

「結局空振り、か……」

何か手がかりがあればと思って来たが、何もなく、橡は呟く。

「まあ、何も収穫がなかったってことが空振りって言うのは間違ってないですけど、とりあえず土地神殿がいらっしゃらないのは確認できましたし」

「それはそうだが……」

伽羅の言葉に一応そう返事はしたものの、椽は謎が謎のままで、消化不良といった様子だ。

とはいえ、琥珀たちも同じ感情を持っていないわけではない。

ただ、ここに「何もない」以上は、仕方がないだろう。

「この地を守る土地神殿がおいでではない今、これ以上何かが起きぬよう結界を張らねばなるまい」

琥珀の言葉に伽羅と椽は頷いた。

「そうですねー。今までみたいに簡単に来られる道がないんで、人が来て悪さをする可能性は低いですけど、そうじゃないのが来る可能性はありますしねー」

「事故を画策した連中が戻るとは思えねぇが……これ以上何かってのは避けたいしな」

「では、我らで結界を。三人で見守れば、何かあっても誰かが気づくであろうし……」

下では日々、修復工事が行われている。

仮にまた崩落が起きたとしても、やはり地盤が緩くなっていたのかと、人々は納得するだろう。

それを狙う可能性は、ゼロではないのだ。

「じゃあ、やりますか。座標、送ります」

伽羅の合図で三人は両胸の前で軽く手を向かい合わせるようにして立ち、精神を集中させる。

集落跡と工事現場をカバーするのに一番最適な座標を伽羅が見つけ出し、その位置に灯される狐火に寸分たがわず三人は結界を張った。

氷を叩いたような澄んだ音が、人には聞こえぬ波長で響き渡る。

「……よさそうだな」

橡の言葉に伽羅は頷いた。

「ですね。じゃあ、この件、俺から本宮に連絡して、土地神殿の属してた神族のほうに結界を張ったって伝えてもらいますねー」

「いつも、こまごまとしたことを任せてしまう。すまぬな」

琥珀は伽羅を労った。

「いえいえ。何かと向こうからは連絡ありますし、そのついでです。まあ、もう一度ここに集落ができるって可能性はないわけですから、元の土地神殿の神族のほうから新たな土地神殿が送られてくるってことはないと思うんですよね。だから、勝手に結界張りやがって、みたいな文句は出ないとは思うんですけど」

一応筋は通しとかないと、と伽羅は続ける。

「何にせよ、結界で守ってる以上、ここで何かあるってことはねぇだろうが……」

「周辺の集落の土地神殿に、気をつけるように連絡を入れておこう。……どの集落の土地神殿も今回の事故についてはいささか不審な点があると疑っておいでのご様子だからな」

事故の後、周辺の集落を守る土地神は、それぞれ自領の住民を守るために気配を強めた。その中で琥珀たちが動いたことはすぐに知れ渡り、「何かが普通ではない」と感じたようだ。

「警戒するに越したことねえしな。じゃあ、俺は戻る」

椽はそう言うと姿を烏へと変え、夜闇の中を飛んでいった。

それを見送ってから、

「俺たちも帰りましょうかー。あ、琥珀殿、俺の家でお茶でもどうですか？　昨日、手嶋《てしま》のおばあちゃんのところで焼いたパウンドケーキ、明日おやつに出すつもりで寝かしてるんですけど、いい感じにできてるんですよー」

伽羅が誘ってくる。

「夜中に食すのは、あまり感心せぬぞ」

「それはそうですけど、ひとくちだけ！　琥珀殿と二人でお茶とか、滅多にない機会なんですからー」

そう言ったあと、「ダメですか？」と下手に出てくる。

琥珀は、下手に出られると、弱い。

なまじ伽羅の子供の頃を知っているせいか、その頃の伽羅とかぶってしまって断れなくなってしまうのだ。

「まったく、仕方がない……ひとくちだけだぞ」

「やった！　夜遅いからノンカフェインのお茶にしますね！　じゃあ、帰りましょう！　まず俺の家で、そのあと涼聖殿の家に送りますね！」

嬉々として言う伽羅に、琥珀は苦笑した。

2

翌朝、いつも通りにみんなで揃って朝食を取ったあと、

「こはくさま、ゆうべ、トンネルのあったところにおでかけしたんでしょう？」

陽は思い出したように聞いた。

昨夜、伽羅や橡と一緒に出かけるという話はしていたし、特に隠さなければならないわけでもないので、琥珀は頷いた。

「ああ。何か気になるのか？」

「あのね、まえにいったときにあった、ちいさいほこらとか、おうちとか、もうぜんぜんのこってないの？」

「そうだな、あの時に見て歩いた場所はすべて、なくなってしまっていたな。昨夜はそのさらに奥の、草木が生い茂った場所に行ったゆえな」

琥珀の返事に陽は「なくなっちゃったんだ……」と呟いたあと、

「じゃあ、トンネルは？　トンネルもなくなっちゃったの？」

改めて聞いた。

「すべてがなくなったわけではない。トンネルの続きは、崩れていない山の斜面にまだ残ってい

るが。そこまで行く道がないゆえな」

「とはいえ、ああいう場所があると、物珍しさでなんとかしてあそこまで行こうとする人たちもいるでしょうから、入れないように閉じてもらわないといけませんねー。あとで、関係する役所に働きかけておきます」

「その言葉だけ聞いてるとどっかの議員みたいだな」

伽羅の言葉に涼聖は笑いながら言う。

「えー、議員とかやめてくださいよー。選挙でトップ当選しちゃう自信はありますけど、俺はあくまで実務レベルのことをやりたいんで、官僚狙いです」

伽羅も笑いながら返してくる。

「国家公務員って、日本国籍ないとなれなくなかったか？」

突っ込んだ涼聖に、伽羅はやや目を伏せると、

「その前に俺……実は狐なんです」

演技がかった様子で悲しげに言う。それに対して涼聖が、

「あ、知ってる」

即座に返すと、伽羅は「ですよねー」とやはり笑顔で返してきた。

どうやら新たな様式美が生まれたようだなと、琥珀はうっすら思ったが、もはやこの二人の掛け合いはいつものことなので突っ込まなかった。

「で、昨日行ってみてどうだったんだ？　何か変わったことでもあったか？」

そしてやはりいつものようにさらりと話題を本筋に戻し、涼聖が問う。

「いや、それが何も」

琥珀が言うのに、伽羅も頷いた。

「ってことは、崩落事故は自然に起きた可能性が高いってことか？」

涼聖は首を傾げながら言う。

いろいろと関係があるのではないかと疑っていたが、「何もない」のなら、自然に起きた事故だということではないかと思ったのだが、

「いや、それはないですね－」

伽羅はすぐに返し、琥珀も、

「数日前にあの場所に赴いておきながら、あそこまで地脈が弱っていたことに気づかぬこと自体があり得ぬのだ。何のためかは分からぬが、何者かが地脈を守っていたはず。その者が守りきれず崩落したのか、それともわざと守りを解除して崩落させたのかは分からぬが……」

釈然としない様子を見せながら、答えた。

「ただ『守ってる』って気配も感じなかったんですよね－」

「そう、それ以外の気配もなかった。……あからさまな害意があれば、痕跡が残るはずなのだが、それがないゆえ……判断が付かぬのだ」

伽羅と琥珀の言葉に、それまでじっと話を聞いていたシロが、

「『がいい』があろうとなかろうと、なにかあれば、こんせきがあるのがふつうです。なんのこんせきもないということじたいが、ふしぎです……」

難しい顔をして呟いた。

「そうなんですよねー。そこが不自然っていえば不自然だし……でも、本当に何もないんですよねー」

伽羅が悩ましい、といった声で言うのに、陽は不意に何かを思い出したように口を開いた。

「そういえば、ボク、まえにみんなでゴミひろいにいったときに、トンネルのところでなにかみたの……」

その言葉に、全員が陽を見た。陽はみんなの視線を受けて、

「トンネルのおくのほうで、なにかひかったみたいなきがしたの。それで、もういちどちゃんとみたけど……なにもなかったから、ひかりのかげんかなっておもってた。でも、なにか、かんけいあったのかな……」

陽は出かけた時のことを思い出しながら言い、首を傾げる。

琥珀と伽羅は判断が付かず、思案顔で黙していたが、その沈黙の中、

「……ごめんなさい」

陽が謝った。

「え？　なんで陽が謝るんだ？」

少し驚いた様子で涼聖が問う。

それに陽はシュンとした顔で言った。

「だって、ボクがそのときにちゃんとみてたら、もしかしたら、くらはしせんせいは、じこにあわなかったかもしれないし、どうろもくずれなかったかもしれないでしょう？　みんな、どうろがとおれないから、たいへんになっちゃったし……」

責任を感じて小さな胸を痛めている様子だ。

それに涼聖は頭を横に振り、

「あの時は、みんな一緒にいただろ？　それでも誰も、何も気づかなかったんだから、陽のせいじゃない。それに、地崩れとあのトンネルのとこにあった村が関係あるかどうかだって、全然分からないんだから、気にするな」

陽を慰めるように言う。それに続け、

「そうだぞ、陽。我がいればまた違っただろうが、そなたはまだ幼いゆえ、気に病むことなど何もない」

そこはかとなくえらそうに、金魚鉢の中から龍神《りゅうじん》が陽を慰めてきた。

「おまえ、起きてたのか」

「気になる話題だったゆえな……。だがしかし、結局何も分からずじまいか」

呟いた龍神の声は思案げだ。

「おまえをペットボトルに入れて一緒に連れて行きゃよかったな、あの時」

涼聖がそう言うのに、

「ダメですよ。龍神殿、車酔いしますから。現地に着く頃には戦意喪失で使いものにならない可能性が高いです」

伽羅が即座に突っ込んだ。

その言葉に、涼聖は以前、龍神とシロも連れて、みんなでファミリーレストランに行った時のことをうっすらと思い出した。

龍神は前日から水風呂に浸かり、力を溜め、人の姿になって準備万端だったのだが、乗ってすぐ無口になったなと思ったら、半分も行かないうちに車酔いをして真っ青な顔になっていた。

結局、到着するまで三度車を止めて休憩を取り、何とか辿り着いたのだ。

「また、みんなでファミレスいきたいなぁ。……シロちゃんもいっしょで、たのしかったね、あのとき」

陽もその時のことを思い出した様子で、シロを見る。

「はい、とてもたのしかったです。われがつくえのうえにいても、だれもきづかぬとはおもいませんでしたが……」

「ああ、あれな……」

その時のことを思い出し、涼聖は苦笑する。

最初は椅子の上にいたシロだったが、食事が運ばれ始めると机の上に出てきて、一緒に食べた。

その間にも通路はスタッフが通るし、あとから別の料理が運ばれてきたりもしたのだが、シロにはまったく気づいていなかった。

「多分、陽ちゃんが持ってきた、可愛いお人形か何かだと思ったんですよー」

伽羅が一応、「何かあるな」程度には気づいていても、まさかそれが自由自在に動くなどとは思っていなかったからだろう、と言外に言うが、八割がた、その薄い存在感のせいで気づかれていなかっただろうなと誰もが思う。

「あれは確かに楽しい経験だった。また好きなだけジュースを飲みに行きたいものだな」

ドリンクバーにハマっていた龍神が言うのに、陽も頷いた。

「うん！　いきたい！　りょうせいさん、またこんどつれていってくれる？」

陽が期待に目をキラキラさせて言うのに、

「そうだな。けど、反対側の街までは遠いから龍神にはかなりつらいんじゃないか」

涼聖は冷静に判断し、伽羅も頷く。

「道路が綺麗《きれい》に修理されたら、お祝いでいつもの店へ、またみんなで行こう」

涼聖の言葉に陽は、やった！　と両手を上げて喜ぶ。

「どうろ、はやくなおればいいいなぁ……」

みんなでファミレス、という新たな楽しみができた陽は、待ち遠しそうに呟く。

「確かにな。思ったより長引いてるって印象っていうか……、崩れ方がそんだけ酷かったってことなんだろうけど」

日本の土木工事技術をもってすれば、再開はたやすいような気がしていたのだ。

だが、二ヶ月が過ぎても遅々として進んでいないような感じがする。

「地盤がかなりな……。工事を始める前の地盤固めをせねば、工事人の命に関わるゆえ」

琥珀が言うのに伽羅も頷き、

「昨夜、琥珀殿と橡殿と三人で結界を張ってきたんで、順調に進むとは思うんですけどねー」

そう続ける。二人の言葉を聞いて、

「純粋な疑問なんだけどさ、なんで現場に行ったのが昨夜だったんだ？　もっと早くでもよかったんじゃないのか？」

涼聖は問う。

事故直後に、三人は倉橋を助けるために現地に行っているのだから、もっと早くに行くことも可能だったはずだ。

それなのに、そうせずに昨夜だった。

伽羅の言葉からは「これまでは結界を張っていなかったので工事の進みが悪かった」という事実が読みとれた。

そのことを考えても、もっと早くに行って結界を張ればよかったんじゃないかと思えたのだ。

「涼聖殿の考えはもっともだが、あの地の『混乱』が収まるのを待っていたのだ」

「あの地の『混乱』？　どういう意味だ？」

琥珀の言葉の意味が分からず、涼聖は眉根を寄せる。

「そうだな……、たとえば人界でも、それまで普通に存在していた建物がなくなれば、見える景色が変わって心の面持ちが変わったりするだろう？　事前に周知されていたとしても」

琥珀が言うのに、涼聖は頷く。

「まあ、そうだな。すぐに慣れるっちゃあ、慣れるが」

「それと似たようなものだが、今回は何の予兆もなく、地崩れが起きた。本来、あのような事故が起きる前には、我らはその兆しを感じ取り、事故で起こる『気の変化』を最小限に留めるように動くのだが、予兆がなかったゆえ、気の乱れが広範囲にわたっていた。土地神殿がおいでなら、乱れの収束も早いのだが、あの地の土地神殿はおいでではないゆえ、自然にある程度落ちついてからでなければ、我らが外から働きかけてもいたずらに力を使うだけになるのだ」

琥珀が説明するのに続けて、

「例えると、長く入院してた家族の誰かが亡くなった場合、入院中に、残される側の覚悟がちょっとはできてるじゃないですか。けど、事故である日突然ってなると、まずその事実を受け入れるのに時間がかかって茫然自失《ぼうぜんじしつ》、数日間の記憶が飛んじゃってて気づいたら四十九日の法要も終わってた、みたいな。今回はその後者なんです。で、俺たちはいわば弔問客みたいなもんで、お通夜とかお葬式の時とかに家族に声をかけてはきたけど、家族に全然余裕がない状況だったんで、今回落ち着いた頃合いを見計らって改めて様子をって感じです。倉橋先生を助けた時の結界は、崩れ落ちそうな家族につきっきりで支えてた、みたいな力の入れ方してたんですけど、さすがにそれをずっとはできないですし」

伽羅がそう説明する。それに琥珀は微笑むと、

「伽羅殿はやはり説明がうまいな」

と伽羅を褒めた。

「え？　そうですかー？　やった、褒められた」

子供のように喜ぶ伽羅に、涼聖も頷いた。

「ああ。確かにおまえの説明は分かりやすい。その分、ありがたみみたいなもんは薄いけどな」

「何で最後にさりげなくディスってくるんですかー。まあ、でも琥珀殿のちゃんとした説明があってこそ俺の例えが活きる、みたいなのは自覚してます」

琥珀を立てることを忘れない、琥珀大好きっ狐の鑑《かがみ》のような伽羅の言葉に、琥珀は苦笑する。

「まあ、おまえらが手を打ってくれたんならこのあとの工事は順調に行くんだろうが、できるだけ早く修復が終わってくれたほうがありがたいな」

「そうだな。皆、いろいろと不便をしておいでだからな」

「うちみたいに、車がありゃ、多少時間がかかっても好きに買い物にも出かけられるけど、車のない家は買い物を頼むにしても、やっぱり遠慮して頼んできてるって感じはあるし、通院がな……」

診療所の患者の中にも、定期的に総合病院で検査を受けて経過観察をしなければならない者が複数いる。

通行止めの解除の目処が立っていれば、涼聖の判断で通行止めが終わってからの検査でもかまわないとも言えるのだが、現段階ではその目処が立っておらず、できる限り予定通りに行ってもらっているのだ。

「確かに、みんな大変ですよねー。……でも、集落の人たちって『助け合い』なんて言葉を使わなくても自然にそうしてるって感じがあってすごいと思うんですよね」

伽羅が言うのに、琥珀も頷いた。

「祭神殿《さいじん》が心を砕いておいでだからだろうな」

「さいじんさまも、さいきん、すごくいそがしそう。ときどき、おやついっしょにたべにいくけど、まえはずっといっしょにいて、おはなししたりしてたけど、いまは、とちゅうで、ちょっといなくなっちゃったりする」

陽は、珍しいお菓子や、複数の同じお菓子をもらったりした時、集落の神社に行き、祭神と分けて食べることがある。

祭神も陽の訪問は快く迎え入れてくれているのだが、やはり忙しいらしい。

「今はみんないろいろ忙しいんだな……っていうか、琥珀たちも忙しいのか？」

涼聖が問うのに、琥珀は微笑んだ。

「いや……。今、私の領内に住んでいる住民は涼聖殿だけゆえ」

「俺が預かってるところは人はゼロだし、橡殿のところもそうですから、気をつけるのは自然の均衡を保つってとこだけでいいんで、そうでもないですねー」

「こういったことが起きると、住民の気持ちの乱れを治めたり、かかる不便を如何にして最小限にするかなど、そういった調整が必要になる。その作業が繊細ゆえ」

「そっか……、いろいろ大変なんだな。今度お参り行って、酒でも納めてくる」

涼聖が言うと、琥珀は頷いた。

「でも、正直倉橋先生が巻き込まれたっていう災難もありましたし、現状の不便もありますけど、あの集落跡が消えたのって、結果的にいいことかもしれないなーって思うんですよね」

伽羅は不意にそんなことを言い出した。

「なんでだよ？」

伽羅の真意が摑めず、涼聖が問う。

「あそこ、肝試しに来た人たちいたっぽいじゃないですか。やっぱり、そういう『気』って、その場所自体に何もなくても、妙なものを呼ぶんですよね。もちろん、一時的なものがほとんどですぐ消えちゃうんですけど、頻繁だと前の『気』が消える前にまた新たな『気』が追加されちゃって、それが滞留しちゃうとちょっと」

伽羅の言葉に琥珀も頷き、

「人の残留思念というものは、意外と重いゆえな。かつて私の領内の村から人が消えた時も、残留思念の昇華にはずいぶんと時間がかかった」

当時を思い出すように話す。

「人がいなくなっても、そんなものがあるんだな」

感慨深そうな様子で涼聖は呟いた。

「このいえも、そめのどのがおなくなりになったあと、りょうせいどのがもどられるまでのすうねんは、ひとのいたころのけはいを、いえがおぼえていて、いろいろありました」

シロがその頃のことを思い出し、言う。

「そっか、シロはずっとこの家にいたんだもんな」

「まあ、われが『いろいろあった』うちのひとりでもあるわけですが」

しれっと、シロが言い、涼聖は笑う。

「それもそうだな。おまえら、馴染み過ぎてるから正直『不思議な存在』ってこと、俺が忘れてる」

「倉橋先生もそうですよねー。二度目にシロちゃんに会った時、もう普通に接してましたし」

伽羅は感心した様子を見せた。

「あの人の順応性の高さには、俺も驚いてる」

「いや、涼聖殿も大概だと思うが」

珍しく突っ込んだ琥珀に、

「俺は先に医者としての倫理観的なものが働いたから、とりあえずおまえを助けないとと思って気がついたら馴染んでたってだけだ。初めて陽が狐の姿になった時は、普通に驚いたからな」

涼聖は一応、葛藤がなかったわけではない旨を告げたあと、思い出したように続けた。

「そういや、集落にもぽつぽつ空き家があるだろ？　あれもやっぱりあんまりよくないっていうか、問題なのか？」

涼聖が集落に来た時にはもう、何件か空き家があったし、その後も、離れて住んでいる子供たちの許に引っ越した住民もいて、空き家は確実に増えていた。

「問題がないわけではないが、人が住んでいる家が周囲に多いゆえ、心配するほどではない。……一区画ごっそりと人がいなくなり、人の出入りのなくなった場所となると、少しな」

琥珀の説明に涼聖は頷きつつ、

「農業以外、基幹産業がないから、若い人に来てもらうっていうのは難しいし、人口流出も仕方ないとは思うけど……これからも空き家は増えてくかもしれないな」

しんみりとした様子で続ける。だが、陽は、

「おもしろいこと、いっぱいあるのにね。なつは、ザリガニとったり、カブトムシとかクワガタ

とかとったり、しょうがっこうでキャンプもできるし、あきは、きのことったりできるし、ふゆはゆきがっせんでしょ……」

集落でできる楽しいことをいろいろ挙げる。

「そうだな、たのしいこともいっぱいあるな」

そう言って涼聖が頭を撫《な》でると、陽は、笑顔で頷く。

その様子にしばらく和んだあと、みんなは買い出しに行く準備を始めた。

3

車に乗り込んだ香坂《こうさか》家の面々は、自分が担当しているグループのお買い物リクエストに応えるべく、月草《つきくさ》の神社があるほうの街へと向かった。

「りょうせいさん、おかいものにいくまえに、またつきくささまのじんじゃにいって、ごあいさつしてもいい？」

集落を、いつもとは逆方向へと車を進めていると、後部座席のチャイルドシートに座した陽が聞いた。

「ああ、寄っていこう。……琥珀、連絡してもらえるか？」

涼聖は助手席に座る琥珀に視線を向けた。

普通の人間が思い立って神社に行くのとは違い、琥珀や伽羅たちのように「神」と呼ばれる存在が、別の神社に向かう時には前もって先触れの使者を出すのが常識らしい。

もちろん、その先触れも、遅くとも前日のうちに出しておくのが普通のようだが、月草とは親しい間柄になっているので、今のように直前でも大丈夫というか、おそらく陽が行くなら、アポなしでも大歓迎だろう。

「そうだな」

琥珀はそう言うと軽く目を閉じた。そして少ししてから目を開けた。

「快諾してくださった」

「やった！」

後部座席で陽が両手を上げる。

「きっと、月草殿、喜ばれますよー」

陽の隣に座した伽羅が言う。

月草の神社は、普段向かう街とは逆方向になるので、あまりこちらから行くことはなく、月草のほうから陽に会いに——陽の力を預かるという仕事をしてくれている——来てくれている。

だが、通行止めが続く間は頻繁に出向くようになるため、そのたびにというわけではないが、折にふれて訪れている。

集落から二十分ほど走ると、そこには三十軒ほどの家が建ち並ぶ小さな集落がある。

ここの住民は普段から月草の神社があるほうの街へと買い物に出るし、そもそも学区も違うため隣の集落といっても住民同士の交流はほとんどない。

診療所も涼聖のところではなく、別の診療所に通っているので、涼聖もこの集落の住民のことは何も知らなかった。

「ここも結構空き家っぽいの多いな……」

人が住んでいる様子があるのは道沿いの数軒で、少し奥に見える家の大半は庭に面した木戸も固く閉ざされていて空き家のようだ。

その少し先には完全に空き家だけだと思える区域もあった。

「こういう感じのトコがちょっとアレなんですよねー」

涼聖と同じように空き家を見ていたのか、伽羅が呟いた。

「アレってなんだよ」

運転しながら涼聖が問うと、

「昇華が必要な残留思念があるということだ」

助手席の琥珀が説明した。

「空き家ばかりゆえ、残留思念に引かれて人が寄ってきちゃったりするんですよねー。家って、基本住んでくれる人を欲しがりますし。かといって、空き家と分かってて入って来ちゃう人ってよからぬ人がほとんどじゃないですかー。そうなるとやっぱり悪い気が溜まっちゃいますしね」

伽羅が話しているうちに、今度は屋根がたわんで倒壊しそうな空き家もあった。

「こういうのは、物理的にマズいよな」

「あきらかにそうだな」

どれほど長く放置されているのか分からないが、十年、二十年単位の話だろう。

「空き家問題って最近いろいろ聞くけど、集落のことなんかも考えたら、全然ヒトゴトじゃないよなぁ……」

かといって、自分に何ができるというわけでもなさそうで、涼聖はややもどかしい気分になった。

街に着いて最初に向かったのは、予定通りに月草の神社だ。

「よう来てくださいましたなぁ……」

日曜の昼前だったが、参拝客がさほど多くなかったこともあり、拝殿前に来ると月草は他の参拝客に見られぬように結界を張り、中から出てきた。

夏の薄物で作られた十二単《じゅうにひとえ》を纏《まと》った月草は陽を抱きあげる。

「つきくささま、おしごとおつかれさまです」

陽が労うと、月草はとろけそうな笑顔を見せた。

「陽殿に労うてもろうたら、疲れが吹き飛んでしまいましたなぁ」

「そうなの？　でも、こんどあったときは、つきくささまのおかたをたたいてあげるね。りょうせいさんに、じょうずってほめられるの」

「楽しみじゃなぁ。じゃが、今月は忙しいゆえ、陽殿にゆっくり会えるのは来月じゃな」

残念そうに月草が言うのに、

「重陽《ちょうよう》の節句までは何かとお忙しいでしょう」

琥珀が返す。

「そうなのじゃ。今日も、今は少し参拝客が少ないが、朝や夕の涼しい時間は、多くてな。ありがたいことではあるが、夏休みはいつもこのような感じなのじゃ」

「じゃあ、らいげつ、つきくささまがくるの、たのしみにしてるね。でも、おかいもので、またくるから、そのときにあいにきます」

陽の言葉に、月草は、

「道が使えぬことで難儀しておいでとは思うが、それゆえに陽殿が会いにきてくれるかと思うと、皆には申し訳ないが嬉しく思っておりましてなぁ」

複雑な表情を見せながら言った。

「物事にはいろいろな側面がありますゆえ。普段から月草殿に訪ってもらうことが多く、こちらにあまり伺えぬのは、改めねばなりませぬな」

琥珀が返すのに月草は頭を横に振り、

「いえいえ、これまで通り、わらわがそちらに参りまする。わらわも外で羽をのばしとうございますから」

そう言って笑ったあと、続けた。

「これからお買い物でございますか？」

それに答えたのは、陽だ。

「うん。ショッピングセンターでね、しゅうらくのおばあちゃんたちから、おねがいされたものをかって、あとおひるごはんもたべるの。なにたべようか、いまからすごくたのしみなの」

陽らしい説明に月草は微笑んでから、そっと陽を下ろす。

「あまりお引き留めしては、陽殿の楽しみの時間が遠のいてしまいますな。どうぞお気をつけていってらっしゃりませ」

「うん、いってきます！　つきくささまも、おしごとがんばってね」

陽が返事をするのに合わせて、涼聖、琥珀、伽羅も月草に目礼を返し、拝殿をあとにした。


ショッピングセンターでは、まず最初に昼食を取った。

食べ終えてから買い物をするのだが、ここで基本的に戦力になるのは涼聖、そして伽羅の二人だ。大きなカートを涼聖と伽羅がそれぞれ押し、陽が御用聞きでもらってきたメモを分け、二手に分かれて買い物をするのだ。

「じゃあ、陽ちゃん、俺と一緒に来てお手伝いしてくれますかー」

伽羅が声をかけると、陽は頷いた。

自然、涼聖と琥珀がペアで買い物をすることになる。

毎回そうというわけではなく、前回は伽羅と琥珀がペアを組んだので、なんとなく交代でペアを組むような形になっていた。

「じゃあ、こはくさま、りょうせいさん、あとでね！」

「ああ。伽羅、陽にねだられてもあんまりお菓子買うなよ」

涼聖が言うのに、伽羅は笑顔で頷いた。

「分かってますってー。心を鬼にして努力します」

「……健闘を祈ってる」

苦笑しながら涼聖が返すのは、前回陽とペアを組んだ時、涼聖はわりと結構甘い判定になってしまい、帰宅してから琥珀に「涼聖殿……」と窘《たしな》めるように名前を呼ばれたからだ。

琥珀は声を荒らげて怒ることは滅多になく、せいぜい諭すように名前を呼ぶ程度なのだが、それが結構、重い。

——多分、あいつも無理だろうなぁ……。

陽は「買って、買って！」とうるさく言って、駄々をこねるようなことはしない。

だがお菓子を前にした時の喜びようと、一つだけと言われれば必ずそれを守って一つを選ぶのだが、その過程の真剣さを見ていると「もう両方買えばいいじゃないか」と、つい言ってしまうのだ。

それを琥珀に甘いと窘められるのだが、多分、琥珀もダメだと言いきれないんじゃないかなと涼聖はひそかに思いつつ、琥珀と一緒に買い物に回った。

無事に買い物を終えて二組が合流したのは一時間後だ。

涼聖たちより少し先に買い物を終え、それぞれの家別に袋詰めされたレジ袋をカートに載せて待っていた陽と伽羅だが、陽は小さなレジ袋を手でしっかりと持っていた。

「陽、それ買ってもらったのか？」

「うん！　いろんなあじのアメがいっぱいはいってるの」

陽がにこにこしながら言う。

「買った菓子は、それだけか？」

琥珀が問うのに、

「そうですよー。陽ちゃん、一つだけですよねー」

伽羅が答える。

——怪しい……。

そう思ったのは涼聖と琥珀、二人とも同じだったらしい。

「そうか、陽は一つだけだったんだな」

「して、伽羅殿。そなた、自分用に菓子はいくつ買ったのだ？」

まさか問い詰められると思っていなかったのか、伽羅はあからさまに挙動不審になった。

「え？　いや、あの……」

「陽が複数の中から迷ったいくつを、おまえは自分用に買ったんだよ？」

涼聖が再度問うと、

「あ、あのね！　ひとつは、おるすばんしてるシロちゃんへのおみやげでね、もうひとつはあわ

ゆきちゃんがきたときにだすの！」

今度は陽が助け船という名の自白をした。

「まったく、そなたたちは……」

琥珀は苦笑する。

「だって、限定味が出てたら気になるじゃないですかー！　ジューシーマンゴー味入りの餡に、フレッシュネスピーチジュレの入ったカスタードブッセ、それに紅はるかペーストのプチパイですよ？　どれを選べばいいんですか？」

どれもおいしいに決まってるのに！　と伽羅は力説する。

「いや、伽羅、おまえは間違ってねえ……。多分、俺もそうする」

涼聖が同意してみせると、

「そうですよね？　それに、いい子でお留守番してるシロちゃんにはお土産が必要ですし、淡雪ちゃんにも少しずつ市販のお菓子を食べさせていいって倉橋先生言ってましたし」

伽羅は自分の正当性をさらに訴えた。

「まったくそなたらは……。陽、いつも言うように、一度に食べてしまわず、一日に食べる量をきちんと考えて食べるのだぞ」

「はい。……あとで、こはくさまにもりょうせいさんにもあげるね！　ぜったいにおいしいとおもうの」

陽は笑顔で返してくる。

お菓子大好き星人の陽だが、「おいしいものはみんなでたべたら、もっとしあわせ」な気質を持ち合せていた。

「どうだよ、この天使っぷり……。独り占めするようなら我慢もさせるけどな」

涼聖が言うのに、琥珀は苦笑する。

「皆を思う優しい心は、陽が持つ美点の一つだな」

琥珀はそう言って陽の頭を撫でる。

「だが、くれぐれも食べ過ぎぬようにな」

「はーい。おうちにかえったら、またちゃんと、いちにちにたべるぶんずつ、わけるね」

陽はにこにこして飴の入ったレジ袋を抱える。

嬉しそうな様子に微笑ましさを覚えつつ、帰路についた。

特に道が混雑することもなくスムーズに集落に戻ってきた涼聖は道すがら、買ってきた荷物を配達して回った。

その時に感じたのは、いつもより集落の中を走る車が多い、ということだ。

他県ナンバーの車も多くあり、おそらく崩落現場を見に来た者たちの車だということが察せられた。

そういった車は、概してスピードを出していることが多い。

集落内の道路は対向車があってもすれ違える、二台分の道幅はあるのだが、生活道であるため、集落の住民はもちろん、近隣の集落の住民も集落内ではあまりスピードを出さない。

それはローカルルールだということは分かっているが、以前ののどかな集落の空気が違っていて、涼聖はあまりいい気はしなかった。

とはいえ、それを口にしたところでどうにもならないので、この時は言葉にはしなかった。


その夜、涼聖が入浴を終えて部屋に戻ると、琥珀が待っていた。

窓辺に立ち、窓の外の裏庭へと視線を向けている。

明日は診療所があるので、今夜は「する日」ではない。

それなのに部屋に来ているということは何かあったのだろうかと思いながら声をかけた。

「外、何かあるのか?」

声をかけると、琥珀は振り返り、言った。

「いや……月が綺麗に見えると思ってな。満月というわけではないが見事だったゆえ、涼聖殿にも伝えようかと思い、来てみたのだ」

その言葉に涼聖も琥珀の隣に立ち、外を見る。すると空には、確かに満月というには少し足りないが、綺麗に月が出ていた。

「本当だな」

涼聖はそう言ったあと、

「庭へ出てみようぜ。今日はちょっと風もあって涼しいし」

琥珀を誘い、裏庭に出た。

周囲を山に囲まれていることもあり、香坂家は真夏でも夜には比較的涼しくなる。

今夜は風が吹いていることもあって、心地よい気温だったが、少しずつ秋に近づいているのか微かに虫の声も聞こえ始めていた。

「毎日、毎日、暑いなぁって思ってたけど、ちょっとずつ秋になっていってんだな」

月を見ながら、涼聖が呟くように言うのに、琥珀は頷く。

「そうだな。……毎年、変わることなく季節が巡ると思っていたが、思い返せば昔と今ではずいぶん違う」

「だろうなぁ。俺がガキの頃と比べても、かなり違うぞ？　昔は暑いっつっても三十度をちょっと超えるって程度だったのが、今は四十度近くまで上がるとこもあるからな」

「その分、冬の寒さが和らいでいるかといえば、そういうわけでもない様子だからな」

「そこは変わってくれてもよかったんだが、なぜか変わらねえんだな」

涼聖が言うのに、琥珀は苦笑する。

その時、ふっと強めに吹いた風が琥珀の髪を揺らし、涼聖は少し乱れた髪をそっと撫でつけてから手を琥珀の肩へと回した。

「変わらないものなんか、多分ないだろうなってことは分かってるつもりだ。変わらないように見えても、全部少しずつ変わってんだろうなって」

「涼聖殿、急に如何した?」

抑えた声のトーンで呟いた涼聖の様子に、琥珀は視線を向けた。

「特に何がどうしたってわけじゃねぇんだけど……今日、集落で買ってきたもの、配達してただろ? 集落を通る車が増えてるってことは知ってたけど、普段は診療所の中にいることが多いから実感としては薄かったのかもしれない。ただ、今日はやけにそれが目についたっていうか……いままでの集落と気配っていうか雰囲気が違うような、そういう感じがしてなんかイライラしてる自分に気づいた」

「涼聖殿」

「いや、車が多いっつっても、東京とは比べ物になんないくらい少ないんだけどな。けど、なんていうか……自分たちのテリトリーを侵されてるって感じがするんだよな……。あんまりいい言い方じゃないけど、村根性みたいな、そういうのがあんのかな、やっぱり」

自嘲するような笑みを浮かべる涼聖に、琥珀は頭を横に振った。

「いや、おそらくそうではないだろう。……必要があって通る車であれば気にはならないはずだ」

静かな声で言い、それから続けた。

「集落の生活に直結している問題に対して、興味本位だけで集まってくる者たちの気配が癇に障るだけだろう。私も、今、集落に入りこんでいる気配に関してはよい感情は持っておらぬ」

「琥珀もか……」

涼聖の言葉に琥珀は頷き、そして続けた。

「集落の祭神殿もできるだけ住民にその『気』が纏わりつかぬようになさっておいでだが、道がふさがれているせいで『気の流れ』がこれまでと違うゆえ、苦慮しておいでのようだ」

「目に見えないとこでも、やっぱいろいろあるんだな……」

涼聖は、琥珀の肩を抱く手に少し力を込め、

「おまえも、俺の知らないところでいろいろ、俺たちのためにしてくれてんだろうな……。そういった妙なモンが付いてきたりしねえように。ありがとな」

そう言って、そっと琥珀の頬に口づけた。

「大したことはしておらぬ。それに、涼聖殿には妙な輩は寄り付きもせぬからな」

琥珀の言葉に、涼聖は意外そうな顔をした。

「そうなのか？」

「ああ。生きる力に満ちている者にはつけいる隙もないゆえな。あまりに眩しすぎて、近づくこともできぬのだろう」

そう言われて、涼聖が、

「陽なんかは、目がつぶれる勢いの眩しさだろうな」

笑いながら言うと、琥珀も笑った。

「陽の天真爛漫《てんしんらんまん》さはいつまでも失われずにいてほしいものだと、常々思う。……成長の過程で、失うものも多いゆえ」

「そうだな。でも、秋《あき》の波《は》ちゃんを見てると、大丈夫そうな気がする……。秋の波ちゃん、大人になってからもあんまり変わらなかったって聞いてるし」

涼聖の言葉に琥珀は苦笑した。

「秋の波殿は明るく快活で……大変な目に遭われたというのに、今も何もお変わりない。あの逞しさは驚嘆に値するな」

「それが、秋の波ちゃんの本質だからだろうな。だったら、陽の本質も変わらないだろうし、心配しなくていいんじゃないか」

涼聖はそう言ってから、

「なんか、今のすごく夫婦の会話っぽくなかったか?」

笑いながら言う。

「また、そなたはそのようなことを……」

おそらく『夫婦』という言葉に反応したのだろう。琥珀は少し頬を染めた。

「琥珀、おまえ本当に可愛いな」

琥珀の様子に、涼聖が微笑みながら言った時、集落のほうから防災サイレンの音が響いてきた。

「なんだ……火事か…?」

香坂家は集落から少し離れた位置にあるため、うるさいほどの音量ではないが、夜の静寂の中ではは っきりと響き渡った。

「そうだが、この集落の火事ではない」

どうやら琥珀は即座に妖力を使い探ったようで、そう返した。

「そうか……。けど、もし怪我人が出てたらマズいから、俺、ちょっと集落へ行ってくる」

隣の集落の診療所は、診療時間に合わせて街の病院から持ち回りで医師が来ているだけで、診療外時間は無人だ。おそらく、駆けつけることも難しいだろう。

消防車と一緒に救急車も出動しているだろうが、何かあった時に医師がいたほうが、処置の面で役に立てることも多い。

「私も行くか?」

琥珀が言うのに涼聖は頭を横に振った。

「ありがとう。でも、大丈夫だ。琥珀は寝ててくれ」

「分かった。気をつけて」

琥珀が言うのに涼聖は、ああ、と返し、急いで家の中に戻った。

琥珀はもう一度月を見上げてから、周辺の気配を探る。

――こちらに、妙な気配は流れてきておらぬな……。

崩落事故に、今の火事。

関連がなければよいが、まったくないとは言い切れない。

とはいえ、隣の集落の中の気配を探ることは、向こうの土地神の領内を侵すことになるため、できない。

できるのは、自分の領内の平穏が保たれていることを確認することだけだ。

「涼聖殿……」

何も起こらぬようにと祈りながら、琥珀は家の中に入った。

◆◇◆

翌日の診療所の待合室は、火事の話で持ちきりだった。

火事が起きたのは、昨日、買い物に行く時に通った集落の中で、伽羅が「こういう感じのトコがちょっとアレなんですよねー」と言っていた空き家ばかりの区域にある家だった。

事故現場の物見遊山に行った若い者たちが、空き家に入りこんでそこでたむろしていたらしく、火事を起こしたのだ。

その区域沿いにある住居の住民の防犯カメラや、盗難防止の車載カメラなどに、火が出た直後に逃げる車の様子が映っていたらしい。

幸い、怪我人はなかったが、隣り合っていた空き家が二軒全焼した。

「最近、車もようけ通るようになったし……」

「怖いようなスピードで飛ばすのも多いからねぇ……」

「いろいろ物騒じゃわ」

患者同士、不安を口にする。

これまで待合室では話題に上ることはなかったのだが、物見遊山の車には、皆それぞれ思うところがあったらしい。

そうやって外から入りこんでくる者が火事を引き起こしたとなれば、不安や不満はそれを引き金にどんどん出てくる。

「この集落も、空き家があるしねぇ……」

「いやだわぁ、うち、隣がそうじゃもの。隣が燃えたりしたらうちだって無事じゃないし……」

「泥棒も心配よねぇ……」

待合室の空気が不安に染まり、気が重くなる。

琥珀が何か手を打とうとした時、

「ただーいまー！」

遊びに出てきた陽が戻ってきて診療所に顔を出した。

「あら、陽ちゃん、おかえり」

「どこに行ってきたの？」

陽が待合室に入ってくると、途端に皆の視線が陽に向かい、さっきまでの重い空気が霧散《むさん》する。

「えっとね、じんじゃにいって、そこから、うらのゆうほどうにいってね」

陽は今日の探検ルートを話して聞かせる。

みんな、楽しそうに話す陽の言葉に耳を傾けて、さっきまでの不安そうな様子はまるでなくなってしまう。

とはいえ、それは一時的なものだった。

不安が解消されていないのだから、無理もない。

そして、「隣の集落の空き家によそ者が入りこんだ」という、この集落でも起こり得る事態に危機感を覚えた住民たちは、三日後に急遽《きゅうきょ》、集会所で住民会合を開いた。

「火事のあった空き家は、周り全部が空き家ばっかりだってとこらしいから、入りこみやすかったんだろうって話だ。この集落で空き家になってるとこのうち、まだ周りに人の住んでる家が多いとこは人目があるから入りこむようなことはないだろうって説明だった」

集落を所轄している警察署の生活安全課に話を聞いてきた区長が話す。

「あとは、ちょっと離れてぽつんと建ってる家だが、仮にそこが燃えたとしても類焼被害は起きないだろう」

続けられた言葉に、住民が口々に意見を言いだす。

「それはそうかもしれんけど……」

「ぽつんと建ってる一軒なら燃えてええってことにはならんじゃろ」

「それに、空き家じゃと思うて入りこんだ家に人がおったら……私みたいな年寄りの一人暮らしじゃったらどうしようもない」

隣の集落であったような、若者たちの出来心での空き家侵入なら、まだいい――いや、まったくよくはないが――ものの、集落内をいろんな人間が通る今、強盗が紛れ込まないとも限らないのだ。

「とりあえず、不法侵入なんかについては、ボランティアを募って自警するしかないじゃろ。昔みたいに拍子木打って歩いて回って……それだけでもちょっとは違うはずだ」

そう言ったのは元小学校教師の永瀬《ながせ》だ。

「そうじゃなぁ……じゃあ、有志を募るか」

「じゃな」

皆がその意見でまとまりかけた時、

「はいはいはいはい！　俺、自警団立候補しまーす」

元気よく手を挙げて孝太が言った。

「おう、頼りにしてるぞ」

その声に軽く答えるように笑って会釈したあと、孝太は立ち上がった。

「自警団で回って人の目があるんだぞってやって、人が入りこまないように威嚇《いかく》すんのもスゲェ大事だと思うんスけど、空き家自体に問題あるとこもあるんじゃないかと思うんです」

孝太の言葉に全員が『何を言いだした？』というような視線を向けたが、孝太は気にもせずに続けた。

「空き家の状態が続くと、家ってすっごい勢いで傷んでくんスよ。雨漏りがあっても気づかないし、白アリにやられてても分かんないし。なんで、駆体《くたい》の状態だけは点検したほうがいいと思うんス」

それに参加者の間からざわめきが起きた。

「確かに、もう十年以上空いとる家なんかは中がどうなっとるかわからんもんねぇ……」

と、孝太の言うことに一理ある、という意見と、

「そうは言うても、相続した下の世代は戻る気もない家の修理やらなんやら、しとうないじゃろうしな」

「売る、言うてもこのあたりじゃ二束三文、親戚がうるそうて売れん、て家もあるしねぇ……」

「危のうなっとるってわかっても、更地にするのもタダじゃないし、更地にしたらしたで税金が

上がるし」

という金銭面の負担を考えて、無理じゃないかという意見の二つで、住民たちはざわついた。

今、ここに住んでいる住民も、子供世帯と離れて暮らしている者が大半だ。

自分たちがここを出たあと、家をどうするかというのは頭の痛い問題で、それだけに、子供世帯に身を寄せているまだ存命の元住民や、相続した子供たちの気持ちが分かり、孝太の意見が正しいとは思っても、賛成しきれないものがあるのだ。

しかし、

「いろいろ事情があるのは分かるんス。けど、駆体に問題があるかどうかは調べたほうが絶対にいいっスよ。白アリにやられてたら、ある日突然倒壊って可能性もあるし、そうなったら隣の家にも被害出ることあるっていうか、白アリってすぐ隣の家とかにも入りこんじゃうし」

実際によくある例として孝太が言った白アリ被害は、近くに空き家がある住民たちには急にリアルな問題になったが、だからと言って「賛成」とは他人の家のことになるので言えない様子だ。

その中、琥珀がすっと手を挙げ、

「少し、かまわぬだろうか」

と発言を求めた。それに住民の視線が琥珀に向かう。

「各々の家の事情があるのは承知しているが、人の出入りがあるというだけでも抑止力になると思う。すでに、気づかぬうちによその者に侵入されていたとしても、次に侵入した時に以前と様子が少しでも変わっていれば、人目を気にして溜まり場にするというようなことにはならぬと思う。そのため、孝太殿の提案する駆体の点検もできれば越したことはないが、まずは空き家となっている家に立ちいる許可をもらい、現状確認をするのはどうかと思うのだが」

その琥珀の発言に、

「点検ついでに、駆体確認タダでやりますけどどうですかって、聞いてください！　仕事の合間見てやるんで！」

孝太が続ける。

「タダって……」

驚いたように大半が呟くのに、

「ホント、心配なんで、俺が中をちゃんと見ときたいってだけなんス！　なんで、希望者には駆体点検もついてますけどどーっスかって聞いてください」

今回の連絡役になるだろう区長に孝太は言う。

それに孝太の隣にいた佐々木が笑いながら言った。

「このとおり、孝太は言い出したら聞かんとこがあるからな。まあ、わしらとしても、家が一軒、焼けるとか、倒れるとか、そういったことになったら、次はどこかと余計な心配もせにゃならんじゃろ。区長、悪いが連絡を取る時、孝太の言うようについでにタダで駆体を見せてもらいたいと言っといてくれんか」

「それは構わんが……ええんか？」

無償で、というところに区長は申し訳のなさを感じているらしいが、

「大丈夫っス、俺、若いんで！」

孝太が関係あるのかどうか分からない理由で「大丈夫」と言うので、結果、区長が連絡を取る時に駆体点検についても言ってくれることになった。

◆◇◆

その夜、家に戻って涼聖たちが夕食を取っている時、自然と集会所の話になった。

涼聖と琥珀が集会所に行っている間、診療所の隣の家に預けられていた陽も、シロと一緒に興味深そうに集会所であった話を聞く。

「それにしても、琥珀が発言するなんて珍しいから驚いたな」

涼聖の言葉に、

「え、琥珀殿、何かおっしゃったんですか？」

伽羅が驚いた様子で問い、

「こはくさまなんていったの？」

陽も気になるのか聞いた。

「大したことは言っておらぬ。空き家に立ちいり、これまでに侵入した者がいないかの確認だけでもできぬかと言っただけだ」

琥珀は短くまとめて話したが、

「で、その真意は？」

伽羅が手近にあったスプーンをマイクのように差し出し問う。

それに琥珀は苦笑しつつ、

「空き家は、長く放っておくと、あまりよくない気を溜めこむのでな。集落も、今は以前と違って、気の通りが悪くなっている上に、興味本位の者どもの気配が入りこんで、皆に影響が出始めている。そこに空き家が止める『気』が重なれば、厄介なことになるやもしれぬのでな。集落の中だけでも気を動かす必要がある。そのために空き家になんらかの作用を起こしたほうがいいだろうと思ったのだ」

詳しい説明をした。

「いいことだと思いますよー。今、俺が預かってる領地内の空き家は、もうほとんどが自然に還っちゃってるんで、そこまでいくと『気』の止まりとかなくなるんですよねー。けど、そこに至るまでの過程って、いろいろあるんで……琥珀殿は大変だったと思います」

しみじみと琥珀を気遣うように伽羅が言う。

それにただ琥珀は微笑む。

「今、よく『空き家問題』って言われてるけど、そういう面でもいろいろあるんだな」

涼聖が言うのに琥珀は頷くと、

「孝太殿は、涼聖殿の言う問題を気にかけておっしゃったのだろうが、点検ででも人が中に入るだけで『気』は動くゆえ」

集会所での孝太の発言について触れた。

「こうたくん、なんていったの？」

陽が興味津々といった様子で問う。

「孝太くんは、空き家になってる家に悪いところがないか点検しに行くって言ったんだ。でも空き家って言ってもよその人のおうちだから、その家の人がOKをしたらって」

「そうなんだ。ボク、こうたくんが、あきやのおしごとしにいくときに、おてつだいにいきたいなぁ……。りょうせいさん、こはくさま、いってもいい？」

陽が問うと、

「孝太殿に聞いて、許可が出たら行ってもよいが、『仕事』だから邪魔をしてはならぬぞ」

琥珀が条件付きでOKを出す。

「わかった！　じゃあ、あした、こうたくんにおねがいしてくる」

陽は笑顔で言う。

断られるとは微塵《みじん》も思っていない様子だが、実際、孝太は断らないだろう。

陽が孝太を、大事な友達であり信頼できる兄貴分として慕っているのと同様に、孝太は陽のことを弟のように思って大事にしてくれている。

「お手伝いするには元気じゃないといけませんから、陽ちゃん、シロちゃん、そろそろ寝ましょうかー」

伽羅が頃合いを見計らって声をかける。

それに陽とシロは頷いて、琥珀と涼聖に「おやすみなさい」と挨拶をして伽羅と一緒に自分の部屋に戻った。

「おまえの言う集落の『気』が、ちょっとでも変わればいいいな」

涼聖が言うのに、琥珀は微笑みながら頷いた。

4

集会の翌日から区長が精力的に動いてくれたおかげで、初日にすでに五軒の空き家の持ち主と連絡が取れた。

集落に続く道で起きた崩落事故のことで、みんな集落のことを思い出し、家のことも気になっていたらしいので、快く中に入る許可と駆体点検の許可をくれた。

「残りの家は、とりあえず留守番電話にメッセージを入れといた。ワシからもまたかけるが、折り返し連絡をくれるじゃろ。もらった携帯番号が通じんようになっとる家もあるが、住所が分かっとるから、手紙を送っとく」

と、区長は言ってくれたが、家に入るために鍵を送ってもらわねばならないため、とりあえず連絡が取れた五軒のうち、二軒は隣家の住民が何かの時のためにだったり、管理目的だったりで鍵を預かってくれていたので、そこから点検に入ることになった。

「まずは香川《かがわ》さんのおたくでーす」

「おたくでーす」

「失礼しまーす」

「しつれいしまーす」

一軒の空き家の玄関前で、孝太と陽の声が響く。

「本当に仲がええな、おまえさんたちは」

一緒にやってきた佐々木が笑いながら言う。

陽は翌日にすぐ佐々木の作業場へ、孝太に「あきやのおしごとするとき、いっしょにいっていい？」と聞きに行った。

孝太の返事はもちろん「いいっスよー。一緒に行きましょう」で、こうして一緒に来たのだ。

預かってきた鍵を玄関のカギ穴に差し込むが、長く使われていなかったせいで中で錆《さび》が出ているのか、鍵はかなり固かった。

「あとで油さして綺麗にしとかないとダメっスねー」

孝太はそう言いながらも鍵を開け、玄関の引き戸を引く。こちらもレールがガタついていて重く軋むような音を立てた。

「じゃあ、お邪魔しまーす」

無人であることは分かっているが、孝太が声をかけて中に入るのに習い、やはり陽も「おじゃましまーす」と言って中に入る。

香川家は、玄関から土間が続き、外観もだが、まさしく「古民家」と言うにふさわしい雰囲気の家だった。

「おー、昔話に出てきそうな家っスねー。伽羅さんの家も、リフォームする前、こんなふうに土間があったんスよー」

　伽羅の家のリフォームを手掛けた孝太が言う。

「あ！　そうだった！」

「陽ちゃん、リフォームする前の伽羅さんの家、行ったことあるんスねー」

「うん。まえは、ゆかもかべもボロボロになってたけど、いまはすごくきれい。いまのおだいところ、こうたくんがつくってくれたんでしょう？　あそびにいくと、きゃらさんがいつもおやつつくってくれるの」

「伽羅さん、料理上手っスもんねー」

　孝太は言いながら作業カバンの中からスリッパを取り出し、上がり框の陽の前に置いた。

「はい、陽ちゃんのスリッパ。大人用なんで大きいっスけど、床とか埃《ほこり》で汚れてるからちゃんとこれ履いてくださいっス」

「わかった。こうたくん、ありがとう」

　礼を言い、スリッパに履き替える陽の隣で孝太は新しい地下足袋に履き替えた。

　空き家でかなり埃っぽいとはいえ、土足で上がるわけにもいかないし、これから何軒も室内を見て回るなら、と思い新しいのを持ってきたのだ。

　佐々木も同じく――主な作業は孝太に任せるので、さほどフレキシブルに動けなくてもいいため、スリッパに履き替えて家に上がった。

「じゃあ、陽ちゃん、こっちの廊下のガラス戸開けてきてくださいっス。俺、あっち行くんで」

「はーい」

指示をされて陽は廊下のガラス戸を開けに行く。

言われたとおりに順番に窓を開けていくと、そのたびに部屋の中にこもっていた空気が抜けて、新しい空気が入ってくる。

それに合わせて家が呼吸をするような感じがした。

廊下の行き止まりまでガラス戸を開けて戻ってくると、佐々木が部屋の障子戸を何度か開閉させていた。

「おじいちゃん、なにしてるの？」

「ああ、建てつけを調べとるんじゃ」

「たてつけ？」

「柱が歪んどったりしとると、引っかかったりして動きが悪くなるんじゃ」

「はしらって、まっすぐじゃないの？」

陽が首を傾げる。

「最初はまっすぐなんじゃが、屋根瓦や家具の重みで歪んでくることもあるし、それこそ白アリに大事なところを食われて、歪むこともあるからな」

佐々木は説明しながら、順番に戸を見ていく。

最初の部屋が終わり、次の部屋に入ると、そこは座敷で、すでに孝太がいた。

「立派な床の間っスよね。床柱が太くて、欄間《らんま》もすごい彫りだし。そこの箪笥《たんす》も超格好いいっス」

興奮した様子で孝太が言う。

「ほんとだ、あかいタンス、きれい」

「仙台《せんだい》箪笥じゃな。香川の旦那の嫁さんが、嫁入り道具で持ってきたモンだ。陽坊、この金具みてみろ」

赤い漆が塗られた箪笥にはすべての段の引き手部分と、中央に装飾用の金具が付けられていた。

「あ、りゅうじんさまだ。それに、こっちはおはな。かっこうよくてきれい……」

陽の言葉に、押し入れを開けて何かを探していた孝太も近づいてきて膝をつき、箪笥を見る。

「うわー、めちゃくちゃ細かい彫金っスね……格好いいっス。きっと高いんだろうなぁ……」

孝太が呟く。

「この大きさじゃと、百万、二百万くらいじゃろうか。嫁入り道具のお披露目のあとは集落の母ちゃんらがええなぁて、ため息ついとった」

佐々木が言うのに、孝太は「分かるー、超格好いいっスもん」と呟いた。

「でも、置いてっちゃったんですね。香川さんって、息子さんのところに行ったんでしょ？　持ってけばよかったのに」

「向こうはマンションでな。大きい家具は持っていけん言うて置いてったんじゃゃ」

「そうなんスね。いろいろ事情あるっスもんねー」

孝太はそう言うと立ち上がった。

「師匠、そこの押し入れから天井に上がれそうなんで、俺、見てくるっスね」

「分かった。気をつけて行けよ」

「うぃっス」

孝太は軽く返事をして押し入れの上段に上ると、天井板を外し、そこから屋根裏に登った。

「わぁ……、そんなところからうえにいけるんだ…」

「陽坊、一緒に行きたいじゃろうが、服が汚れるかもしれんから、下でワシの仕事を手伝うてくれんか」

佐々木の言葉に陽は笑顔で頷いて、佐々木と一緒に水回りや、その他の部屋の建てつけをいろいろと見て回った。

孝太は天井の次は床下にも潜り、白アリや他の動物の被害が出ていないか確認したが、駆体に問題はなく、掃除をして多少手入れをすればすぐに人が住めそうな様子だった。

そして次に向かった二軒目は、少し高台にある東京の金持ちが別荘として建てた瀟洒《しょうしゃ》なログハウスだった。持ち主が亡くなったあと、相続した息子も何度かは来たが、ここ十年ほどはまったく来ていない。

もともとが別荘として建てられたため、来ない間の管理を近所の住民が頼まれて、有償で月に二度ほど空気を入れ替えたり掃除をしに来ていた。だが、その住民が五年前に亡くなったあとは、区長が引き継ぎ、一月か二月に一度、空気の入れ替えだけとはいえ人が入っていたので、状態は良かった。

その二軒目に行く前に、佐々木は作業場に戻った。家の祠《ほこら》を新調したいという客が来ることになっていたからだ。

そのため、孝太と陽の二人でやってきたのだが、別荘の中はさっきの家とは違い、どこか外国の雰囲気を漂わせた場所だった。

おそらくは「舶来」といった感じの数々の置き物のせいだろう。

「こうたくん、これすごいよ！　ビンのなかにおおきなおふねがある！」

広々としたリビングの暖炉の上においてあるボトルシップを見た陽が興奮した様子で言う。

「ああ、ボトルシップっスね」

「ぼとるしっぷっていうの？」

「そうっス。ボトルは日本語で瓶のことで、シップは船のことっス」

「こうたくん、ものしり！」

感動した様子で言ってから、

「これ、どうやってなかにいれたんだろう。ビンのくちからは、おふねがはいらないのに。おふねをつくってから、ビンをつくるのかなぁ？」

不思議そうな顔をする。

「不思議っスよね。俺も最初、どうやるんだろうって思ってたんスけど、これ、瓶の中で船を組み立ててるんスよ」

「びんのなかで？　どうやって？　ゆび、とどかないよ？」

「ピンセット使ったりするんだけど……あとで、動画見せてあげるっスね」

まずはお仕事、お仕事、と孝太は陽に全部の部屋の窓を開けてきてほしいと頼み、自分は駆体点検を始めた。

別荘は二階建てで、一階はキッチンとバスルームなどの水回りに暖炉のある広いリビング、そしてキッチンの奥にはこじゃれたバーカウンターとビリヤード台があり、カウンターの棚には埃をかぶっているがいろいろな酒の瓶とグラス類があった。

二階はメインベッドルームと客間が二つ、そして、大きなウッドデッキがあり、そこからは集落が一望できた。

「いい眺めっスねー」

「うん。すごくとおくまでよくみえる」

「いいなぁ、こういうところで朝、ゆっくりコーヒー飲んで、目玉焼きのっけたパン食べるとか最高じゃないっスか？」

「ボク、それと、ピーナッツバターをぬったパンもたべたい。あとね、オレンジジュースがのみたいなぁ……」

「ピーナッツバターおいしいっスよね。リンゴバターっていうのもおいしいっスよ」

と、二人はウッドデッキでしばし朝食妄想を楽しむ。

もちろん、すぐに孝太は仕事に戻り、陽も佐々木がやっていたように戸を開閉させて、開きが悪かったりしないかの確認をした。

結果こちらの家も問題がないことが分かり、陽は孝太と一緒に別荘をあとにした。

二人で手を繋《つな》ぎ、並んで作業場へと向かっていると、後ろから車がやってきたのが気配で分かった。

振り返ると、運転席側の窓が開き、そこから倉橋が顔を出した。

「くらはしせんせい！」

「こんにちはーっス。今、帰りですか？」

孝太の問いに倉橋は頷いた。

「そう、二日ぶりの帰宅だね」

笑顔で言う倉橋に、孝太はギョっとした顔をした。

「二日……、壮絶」

「そうでもないよ、四十八時間連続勤務ってわけじゃないから。今、通勤に時間がかかるだろう？だから、まとめて働いて、まとめて休むって感じにシフトを組んでるんだ」

以前は夜勤を終えて朝に戻ってきて、夕方から勤務に戻る、というようなこともよくあったのだが、今、そのシフトだと以前の半分程度しか家で休めなくなってしまう。

そのため、倉橋は病院の仮眠室に泊まって二日間働き、次の一日はまるまる休みというようなシフトを組んでいる。

もちろん、患者の容体によってはそうできないこともあるのだが。

「それで、二人は？　どこかに行くのかな？　それとも戻るところ？」

今度は倉橋が聞いた。

「いまから、ささきのおじいちゃんのさぎょうばにかえるの」

「集落内の空き家の駆体点検に行ってきたんス」

「こうたくん、すごいんだよ。にんじゃみたいに、てんじょううらにのぼったり、ゆかしたにもぐったりするの」

陽と孝太の説明に倉橋は頷いた。

「ああ、だから、服が埃まみれなんだね。お疲れ様」

倉橋の言葉通り、孝太の服は埃でかなり汚れていた。

「空き家は、やっぱクモの巣ハンパないっスね。でも、今日回った二軒はしっかりしてるんで、ちょっと片づけて、手入れしたらすぐにでも住めそうなんスよ」

孝太はそう言うと、携帯電話を取り出し、家の所有者に点検報告のために撮影した写真を倉橋に見せた。

「これが一軒目の古民家っス。大黒柱とか、梁とか太くて超感動モンなんスよ」

「ああ、すごいね。もう、憧れの田舎暮らしってキーワードがそのまま使えそうだ。ちょっと見せてもらっていいかな」

倉橋はそう言うと、車のサイドブレーキをかけ、パーキングに入れて完全に停車させ、携帯電話を借りる。

「へぇ……すごい。いいなぁ……。あ、これはまた別の家だね。ログハウスで……」

「別荘使いしてたらしいんス。小さいバーカウンターがあったりして」

「おにかいに、おそとにでられるおおきなベランダみたいなのがあるの。そこでごはんたべたらたのしそうって、こうたくんとはなしてたの。ね？」

「朝食とか最高っスよねー、絶対。夜に、ロウソクとかランタンとかの灯りだけでのんびり星見たりするのもいいと思うっスけど」

「ああ、ここだね……本当だ、広いウッドデッキだね。へぇ……」

興味深そうに写真を一通り見た倉橋は、ありがとう、と言って携帯電話を孝太に返しながら、

「写真の家ってどっちも、これから人に貸したり、売ったりってする予定ないのかな？」

そう聞いてきた。

「あー、どうなんスかね。今のところ、そういう話にはなってないっていうか、この前、隣の集

落で空き家が火事になったじゃないっスか。その関係で集落内の空き家も不法侵入者への牽制みたいな感じで、人の出入りがあるぞってとこを感じさせるついでに、駆体に問題がないか点検させてもらうことにしたんスよ。いきなり倒壊ってことはないにしても、事前に手を打てるなら打っといたほうがいいんで」

孝太の説明に倉橋は頷く。

「この前の臨時集会で、決まったって話だね。後藤《ごとう》さんから聞いたの思い出したよ」

「そう、それっス。あと、夜回りも行くんス。拍子木打ちながら、『火の用心』って回るヤツ」

「りょうせいさんと、こうたくんがとうばんのときに、ボクもいっしょにつれていってもらうやくそくしたの」

にこにこして陽が言う。

「そうだね。大事なお役目だね」

倉橋はそう言ってから続けた。

「家、誰かに貸すとか売るとかって話になったら、欲しがりそうな人いる気がするんだけどね。今、田舎暮らしって人気らしいし」

「それは俺も思うんスよねー。でも、とりあえずは物件確認が先なんで、そのあとで師匠と話してみようと思ってるんス」

孝太はそう言って、少し含みのある笑みを浮かべた。それに「何か計画がある」ことを察した

倉橋は、

「もし、そんな流れになったら、教えてもらえるかな?」

と返す。

「分かりました。真っ先に!」

「じゃあ、頼むね。あ、二人とも作業場まで乗せていこうか?」

倉橋はそう申し出たが、

「いや、俺、かなり埃っぽいんで車汚れるっス。まだ新車だし」

孝太はそう言って辞退する。

倉橋が以前乗っていた車は、総合病院の持ち物で、それを借りていたのだが、先日の崩落事故で当然のごとく廃車となった。

そして、総合病院に正式に長期赴任という形になったので、倉橋は今の車を買った。

軽自動車だが、集落内では小回りが利いたほうがいいのでそうした。

「陽ちゃん、乗せてもらって先に作業場戻るっスか?」

自分は無理だが陽はどうだろうかと孝太は問う。だが、陽は頭を横に振った。

「ううん、こうたくんと、いっしょにかえる。くらはしせんせい、ありがとう」

乗せていこうかと言ってくれたことに、陽はきちんと礼を言う。

「じゃあ、俺は一足先に。またね」

倉橋はそう言うと、車を出した。

走り去る倉橋の車を見送りながら、

「倉橋先生、引っ越しするつもりじゃないっスよね？」

孝太は陽に聞く。それに陽は首を傾げつつ、

「くらはしせんせいは、ごとうのおじいちゃんのおうちにすんでるから、ちがうとおもうよ」

と返事をする。

「そうっスよねー。誰か友達のことっスかね」

返しながら、孝太も首を傾げた。


その夜、診療所が終わって家に戻る車の中で、陽は空き家の話をした。

「すごくかっこういいタンスだったの。でもすごくすごくたかいんだって。ケーキいくつでもたべられちゃいそうなおねだんなの」

陽は最初の家にあった仙台箪笥の話をする。

「もう芸術品に近い感じだよな、仙台箪笥と鎌倉《かまくら》箪笥とか」

涼聖の言葉に、琥珀も頷く。

「職人が手間を惜しまず、妥協することなく作る品ゆえ、孝太殿は余計に惹かれるのだろうな」

「ささきのおじいちゃんとか、こうたくんとかがつくってくれるのも、すごいよ。せきのおじいちゃんとかと、またあたらしいおもちゃをかんがえてるみたいなんだけど、ささきのおじいちゃん、ほこらをつくるおしごとで、いそがしくなっちゃうみたい」

佐々木は孝太が来るまで、宮大工としてはもう引退して、仕事はしていなかった。

だが、弟子に技を伝える、という役目ができたことで現役復帰し、忙しくない程度に仕事が途切れずある。

というか、忙しくなるようだと、信頼できる他の大工に話を振っているくらいだ。

それは、自分の「先」の時間が潤沢ではないことを計算に入れ、孝太に技術を教え込む時間をきちんと取るためもあるし、大人のツリーハウス友の会の仲間との「楽しみの時間」をちゃんと取るためでもある。

「生涯現役、だな。うらやましい」

涼聖が呟くのに、

「そなたもそうなるであろうに」

琥珀が笑いながら返した。

「そうだなぁ。医者も定年のない仕事だからな」

涼聖が言った「医者」という言葉に、陽は、作業場への帰りに倉橋に会ったことを思い出した。

「そういえばね、さぎょうばにかえるときに、くらはしせんせいとあったの。そのときに、あきやをうったりするんだったら、おしえてってこうたくんにいってた」

「へぇ？」

「でも、くらはしせんせい、ごとうのおじいちゃんのおうちにすんでるでしょう？　だれか、おひっこししてくるのかな？」

陽の報告を聞いて涼聖は軽く首を傾げた。

「いや、そんな話は聞いてないな。先輩が引っ越すつもり、とか？　長期赴任で、半ばこっちに永住決定みたいな感じだし、いつまでも間借りしてるわけにもってことかな」

「それもあるとは思うが、後藤殿とはずいぶん気があって、気を遣うような間柄でもなくなっているというような様子だが……」

琥珀も首を傾げた。

倉橋は最初「総合病院の救命救急の立て直しをはかるため」という名目で、短期間だけの赴任のはずだった。

だが、戻ってこいという要請をのらりくらりと躱し続け、その間に後藤とは年の離れた親友のような関係を築いていた。

二人とも「一人暮らしの気楽さと、一人じゃない安心感がある」と言っていたので、ちょっとやそっとのことで同居を解消するとは思えなかった。

——ちょっとやそっとのことじゃないとなると、椽さんとのことか……？

恋人になりたての二人だが、会う時間も場所も限られている。

涼聖は行ったことがないが、橡が暮らしている「家」の外観は、蔦《つた》に覆われた「どこからどう見ても立派な廃墟《はいきょ》」で、「あ、これ絶対幽霊出る」といった様子らしい。

「意外と中は片づいてて、抵抗はなかったんだけど」

ケロリとした様子で倉橋が話していたのを思い出す。

——いろいろ二人きりでしたいこともあるだろうし、うちの客間でってわけにもいかないだろうしな……。

そう思ったが、陽がいるのでそのことは口に出さず、

「まあ、そのうち分かるだろ」

とだけ言うに止めたのだった。

◆◇◆

空き家の点検は毎日行われるわけではなかった。

何しろ無償なため、仕事が入ればそちらを優先して行うので、一週間に、一軒か二軒というよ

うなペースだ。

仕事の進み具合を見て、前日の夜のうちに孝太から伽羅の携帯電話に「明日、昼過ぎから空き家の仕事に行くって陽ちゃんに伝えてください」と連絡が入り、陽はその時は必ずついて行き、それ以外の日はいつもの集落の探索に出ていた。

その間に、集落内の空き家の持ち主全員と連絡が取れ、持ち主たちも駆体調査の許可をくれた。どの持ち主も最近、メディアで取り上げられる「放置空き家」の話題を目にし、気にかけていたらしい。

そのうち様子を見に行こうと思っていた矢先の道路の崩落事故で、これまでよりもさらに行くことが難しくなったため、道が通ったら一度は、と思っていたと話していた人が多いらしい。

すべての空き家の駆体確認が終わったのは九月半ばを越えてからのことだった。

構造補強をしたほうがいい物件もあったが、大半は大丈夫なものばかりだった。

だが、構造補強まで無償で行うわけにはいかず、持ち主が金をかけたくないと言えばできないため、とりあえず結果報告をするだけになった。

それでも、今後も定期的に点検をしたいので、すべての物件に定期的に立ち入る許可を取りつけた。

「っていうのが、今回の報告です」

夜回りを含めた自警団の報告会が再び集会所であり、空き家関係についても報告が行われた。

「補強しないってなっても、突然倒れたりってことはないんかいね？」

駆体に問題があった家の近所に住んでいる住民が心配そうに聞いた。

「一年、二年で突然ってことになるような家はない。定期的に点検して、根本的な補強はできんにしても、周りに迷惑をかけんための処置程度のことはやる」

佐々木が言うと、心配していた住民は「貞《さだ》さんが言うなら、安心じゃ」と納得してくれた。

「そんじゃ、夜回りは引き続きやって、空き家のほうも全部定期的に見回るっちゅうことで、報告会を終わってええじゃろか」

区長が言った時、

「あー、ちょっといいっスか」

孝太が手を挙げた。

「えっと、今回見させてもらった家の大半が、ちょっとした手入れと掃除ですぐにでも使えそうな家ばかりだったんス。これって、このまま置いとくのはもったいないと思うんスよ」

孝太の言葉に、『今度は何を言いだした？』といった様子で住民たちが孝太に注目する。

無論、涼聖も同じだ。

「俺、外から来た立場なんで、前に住んでたとこと比べて、交通の便だとか買い物だとかは不便なとこもあるっスけど、そういうの補って余りあるくらい、いいとこがいっぱいあると思うんス。正月とか盆休みとか、時々実家に戻るっスけど、やっぱ向こう便利だけど、一週間もいたら満足おなかいっぱいって感じで、こっちに帰ってきたくなるっていうか。多分、俺みたいに感じてる人ってわりといると思うんスよ。なんで、『都会の忙しさを忘れて、田舎でリフレッシュ体験』みたいな企画を打ち立てたら需要がありそうな気がするんで、実験的にやってみたらどうかと思ってるんス。で、その施設として、今回の空いてる家の持ち主さんで貸してくれる人がいないかなーって思うんスけど、どうっスか？」

孝太はやる気満々だが、若い世代が仕事を求めて集落を離れていき、そのまま向こうで定住している経緯をリアルに経験している集落の住民は、懐疑的な様子で、

「そんなん、うまくいくんかいね」

「ほんまに、なんもないぞ、このあたりは」

という声が漏れ聞こえてくる。

その中、たまたま休みだったため、集会に参加していた倉橋が小さく手を挙げた。

「俺も、孝太くんと同じで外から来て居着いた身だから、この集落は穏やかに暮らしていくには本当にいいところだと思ってます。都会だと、『静かに暮らせる場所』っていうのが意外とないものだし、そういう場所が提供されるのなら、連日稼働というのは難しくとも、月に何度か程度の需要はあると思います。あとは、リタイア後の田舎暮らしを考えている人たちもわりといるので、田舎暮らしの実際を経験できる施設として使えたらいいんじゃないかとも思いますが……農作業の実際を、近隣の畑で体験してもらったりして」

便利な都会から来て居着いた孝太と倉橋の言葉に、懐疑的だった住民たちの考えに少し変化が見え始めた。

「元・都会っ子といえば、香坂先生もそうだと思うが、香坂はどう思う?」

ダメ押ししようとでもいうのか、倉橋は涼聖に話を振ってきた。

「あー、俺はここの暮らしに不満は何もないです。むしろ、向こうにいた時よりも人間らしく生活できてると思ってますし」

涼聖の言葉に、誰かが『前は人間じゃなかったような言い方じゃな』と笑い、それを聞きつけて集会所に笑いが起きた。

そのまま体験施設として空き家開放が通りそうな雰囲気だったが、

「けどねぇ……先生らや孝太くんみたいないい子ばっかりじゃないからねぇ」

「そうじゃねぇ。隣の集落で火事を出したみたいな人たちが来たら……」

道路を、近隣住民では考えられないようなスピードを出したり、外にまで漏れ聞こえる大きな音で音楽を聞いて車を走らせたりしている物見遊山の者たちの所業に、眉を顰ませている住民たちは、『外から来る人』に対して危惧を抱いている様子だ。

それに対し、

「あくまでも、田舎での生活ってもんを体験できるってだけにしとけばいいじゃろ。家や土地を買って定住したいってなっても、紹介しなきゃすむ話じゃし、住むなら、街に近いほうの集落が便利だとでも言やあいい」

　事前に孝太から話を聞いていた佐々木が言い、そしてそのまま続けた。

「わしらも観光旅行でよそへ、一泊二泊で観光に行くのと同じじゃ。よそから観光でこの村に来て泊まってく程度のことなら、そう問題もないじゃろし、もし問題が起きたら、その時はやめりゃいい」

　佐々木の言葉に、『まあ確かに、一度やってみるだけなら』というような雰囲気が広がり、いくつかの物件の持ち主に、そういう施設として使っていいか許可を取ることになった。

　こちらから打診した物件のうち、最近まで住んでいた者がいる物件については、やはりまだ他の人間を入れたりするのは少し、と難色を示されたが、相続したが戻る予定がない、という物件に関しては、使用許可が下りた。

　ここでも活躍したのは孝太だ。

　仕事の合間に、許可が下りた物件の片づけを始めた。元の住民の荷物が残っていたりするのだ。

　もちろん、陽もその手伝いをした。

「陽ちゃん、お片づけ上手っすねー」

　孝太に言われたとおりに、棚に残っている本などを箱に詰めている陽に、孝太は声をかける。

「おうちでも、おかたづけちゃんとしてるの。しないと、こはくさまにおこられるから。ツリーハウスも、ちゃんときれいにしてるよ！」

笑顔で返す陽に、

「綺麗に使ってもらえて、師匠も喜んでるっスよ」

孝太が言う。

佐々木は時々、ツリーハウスの点検に来てくれていた。

きちんと設置はしているが、やはり屋外施設なので、風雨にさらされれば劣化してしまう場所も出てくるからだ。

それを放っておくと思わぬ事故が起きて、陽が怪我をするかもしれない。

『集落全体の孫』といってても過言ではなくなってきている陽を、自分の作ったツリーハウスで怪我をさせたなどとなると、集落を歩くこともできん、と笑って言っていたが、半分以上本気だろう。

その際にツリーハウスの中を見ることもあるのだが、いつもきちんと掃除がされていて、

『あれは作った甲斐があった』

と、大人のツリーハウス友の会が集まるたびに、大人のツリーハウス内——こちらも片づいているが、酒瓶や、常温保存できるつまみ類などが棚に豊富だ——で、佐々木は言っている。

片づけた荷物は、小学校の空き教室に保管させてもらえることになったので、各家別にまとめ、その後、壁紙の交換や砂壁の塗り替え、障子や襖の張り替えといった簡単なリフォームと掃除が行われた。

そのリフォーム費用は一旦、関《せき》の工務店が持ちだしで行い、その後、施設使用料から少しずつ

支払ってもらう、という形になった。

こうして綺麗になった物件の写真を孝太と、そしてなぜか倉橋が撮影していた。

もちろん孝太は日々の仕事の様子などを宣伝をかねて投稿しているSNSに載せるためだ。

孝太のSNSを通じて、祠の修理や、新規製作の依頼が来ることも多い。

リンクしている関の工務店のホームページも、関自身は更新していないのだが、孝太のSNSを通じてまだ工務店を経営していることが周知され、近くの集落からぽつぽつと修理の声がかかることもある。

だが、やはり一番人気なのは木製のおもちゃで、不定期にしか販売できない――何しろ、仕事の暇な時に作っていたのだが、今は本業もそこそこあるため、なかなか作れない――のだが、販売が始まると、今も半日程度で売り切れてしまっている。

それに対して倉橋が撮影している理由は、当然ながら孝太とは違う。

倉橋は撮影した写真をメールに添付してある人物に送ったあと、香坂家に向かった。

今日は診療所が休みで、涼聖たちは家にいる。

そして、相変わらず淡雪の夜泣き被害に苛まれている橡が、睡眠を取るために来ている、と伽羅から携帯電話に連絡があったのだ。

「んー、だ！　だ」

倉橋が姿を見せると、淡雪はそれまで夢中になって遊んでいた積木遊び――相変わらず、積んでは崩し、積んでは崩しを繰り返して楽しんでいる――をやめ、高速ハイハイで縁側に出て倉橋を出迎えた。

「やあ、淡雪ちゃん。今日もご機嫌だね」

倉橋が言いながら淡雪を抱きあげると、淡雪はご満悦そうに笑って、倉橋の胸元に頭を寄せ、「べったり」という言葉がぴったりな様子を見せる。

「くらはしせんせい、いらっしゃいませ」

「いらっしゃいませ、くらはしどの」

陽と、そして陽の肩に乗ったシロも同じく縁側に出て倉橋を出迎えた。

「こんにちは、陽くん、シロくん。二人とも元気そうだね」

「うん！」

元気に返す陽の肩で、シロも笑顔で頷いた。

「先輩、ようこそ。どうぞ上がってください」

涼聖も縁側に出てきて促すと、倉橋は「そうするよ」と言い、淡雪を抱いたまま玄関に向かった。

そしてほどなく、居間にやってきた。

「淡雪ちゃん、倉橋先生が来てくれてよかったですねー」

伽羅が淡雪に声をかけながら、倉橋に麦茶を出す。

「伽羅さん、ありがとう。やっぱり日中は冷たいものが欲しくなるね」

九月も下旬に入ると朝晩はすっかり涼しくなった。

それでも日中は真夏かと思えるほど気温が上がることもあり、その寒暖差で体調を崩す者も少なくない。

「ボク、きのうからはらまきしてるよ。しゅうらくのおばあちゃんが、なつようのけいとで、あんでくれたの」

最近の朝晩の冷え込みに、陽の体を心配した集落の老女が夏糸を使って編んでくれたのだ。

昔編んだ夏用のベストを、もう使わないからと解いて糸に戻していたものを腹巻に編み直してくれ、「解き糸で悪いんじゃけど」と言っていたが、充分綺麗な糸だった。

「いいものをもらったんだね。おなかを冷やすのはよくないからね」

倉橋は言いながら、伽羅が出した麦茶を口にした。そして、

「淡雪ちゃんがここで遊んでるってことは、橡さんは客間で撃沈かな」

笑って問う。

「ええ。いつものごとく、壮絶な寝不足顔で来ましたよ」

涼聖も笑いながら返す。

「お兄さんは大変だね」

それは以前と変わらない橡への評価で、倉橋の態度にしても、一見しただけでは橡と恋仲になっているとは気づかないほど、普通だ。

——橡殿も、えらい人に恋をしたもんですねー。

進展具合については聞いていないが、橡の様子からしても、おそらく何も進んでないだろう。

——そもそも、二人きりでいちゃいちゃできる場所もないですしねー。

橡の家は、伽羅は行ったことはないが、彼の領地にある廃墟の一つだと聞いている。

中は片づいているらしいが、廃墟は廃墟だ。

——そこでって言っても、ねえ?

もちろん恋する二人にはそんなことは瑣末なことで、廃墟だろうとどこだろうと二人きりなら桃源郷かもしれないが、まあ、あり得ないだろうなーと、以前涼聖が似たことを考えていたなどとは露知らず、伽羅も同じように思う。

——俺みたいに、使えそうな物件を修理してもらって、とか?

そうは思えども、橡の領地の集落は、琥珀の治めていた領地よりも早くに人がいなくなったと聞いている。

廃墟加減もさらに進んでいるだろう。

伽羅が修理してもらった家も、何軒か形として残っている家を見てもらって、駆体に多少問題はあるが、修理可能と言われた唯一の家だ。

橡の領地の物件は、修理不可能な可能性が高い。

そんなことを、倉橋に抱っこされてご機嫌な淡雪をぼーっと見ながら伽羅が考えていると、誰かの携帯電話が鳴った。

「ああ、俺のだ」

倉橋が言い、横に置いていた携帯電話を手にした。通話だったらしく、そのままそこで話し始めた。

「はい、倉橋です。……ああ、もうご覧になったんですか。ええ、集落の空き家です。前にいらしたときに、空き家があるって話をしてたと思うんですけど、軽く手入れした物件を見ることができたのでサンプルとして写真を……。いえ、今のところ、あの物件は賃貸というか、宿泊できる施設として貸し出す感じみたいですけど……他にも物件はありますし、売却を考えている人がいないか、聞いてみましょうか？　……分かりました、早急に。はい、はい、お疲れ様です、じゃあ、また」

相手は分からないが、話から集落に来たことのある人だということは分かった。

その相手の特定を、涼聖、琥珀、伽羅がそれぞれ脳内でしていると、

「成沢《なりさわ》先生だよ」

あっさりと倉橋は解答を告げた。

「成沢先生に空き家の写真を送ったんですか？」

涼聖が驚きながら問う。

「そう、関さんたちがリフォームした物件をサンプルとしてね。興奮しながら、賃貸なのか、そ

れとも売却なのかって聞いてきたよ。で、あの物件はそういうんじゃないけど、他に売却してもらえそうな物件を紹介してもらって、写真を送るって言っておいた」

「でも、どうして成沢さんに……？」

伽羅が首を傾げて問うと、

「休みのたびに、陽ちゃんに会いにここに泊まられても困るだろう？　それに忙しい人だから、ここの住民になるわけじゃない。年に一度か二度、来られたら恩の字だ。しかも、香坂の先輩の医者だってことで、集落の人たちの受けもいい。仮に物件が売れれば、この前の集会で懐疑的だった他の住民だって、悪い気はしないと思うんだよね」

集会ではなんとなく流れで認められた形になったが、あとで集会の話を聞いて、いい顔をしていない住民がいることも倉橋は知っている。

「だから、何事も最初が肝心だと思って、それなりに財力があって、ここに興味を持ってた成沢先生に振ってみたんだけど……早速釣れたね」

まだ一時間前だよ、送信したの、と笑う。

「先輩……」

ため息交じりに涼聖が呟くのに、倉橋はものすごくいい黒い笑みを浮かべた。

「先輩がやり手だっていうのは、知ってましたけどね……」

涼聖はそう言って苦笑し、なんとなく脱力を覚えたのだった。

売却してもいいと回答をくれた数軒の空き家の写真を成沢に送った結果、成沢が選んだのは別荘として使われていたあの物件だった。

最初の連絡は区長を通じて行われたが、それ以降は持ち主も東京近郊に住んでいるため、成沢に直接交渉をしてもらうことになり、無事に契約に至ったようだった。

相続した息子は、中に置いてある荷物は処分してもらってかまわないとのことだったのだが、その中で一つだけ、イニシャルの入ったバカラグラスだけは梱包して着払いでよいので送ってほしいとのことだった。

亡くなった父親が成人祝いとしてくれたものらしく、別荘に来るたびに父親とそのグラスで飲んだ思い出があるらしい。

それ以外のグラスや食器類は、とりあえず成沢が使うというので、一旦全部とりだして集落の女性たちに手分けして洗ってもらった。

それ以外の家具や装飾類も、孝太がすべて写真を撮って成沢に送り、成沢が残しておいてほしいものだけ残し、あとは処分——という名目で小学校に運び込まれ、教室の一角がサロンのようになり、集落住民の憩いの場になっていた。

「成沢さんってセンスいいって言うか、選んできた壁紙とか見て『え、コレっすか?』とか思ったこともあるんスけど、実際に貼ってみて、残した家具とか配置したらなんかすごいしっくりするんスよ」

別荘は何ヶ所か成沢の好みに合わせてリフォームすることになり、大人のツリーハウス友の会がフル稼働することになった。

「お金持ちだから、多少ぼったくっても大丈夫だよ」

と倉橋は笑いながら入れ知恵したが、佐々木たちはそれを「金持ちだから惜しまずに、いい材料を使って大丈夫」と変換したらしく、結果、いい材料を使っているのに良心的な値段でリフォームがされている。

「びんのおふね、なりさわさん、のこしてくれた!」

伽羅と一緒にリフォームの様子を見学に来た陽は、リフォームが終わったリビングの暖炉の上に綺麗に埃が拭われ置かれていたあのボトルシップを見つけて笑顔を見せる。

「そうなんスよー。写真送る時に『陽ちゃんのお気に入りです』ってタイトル付けといたら、残す指示が来たんス」

孝太の言葉に伽羅は胸のうちで、

——陽ちゃんにホント甘いですね……。

と呟いたが、陽がボトルシップをにこにこしながら見ている様子に、甘くならざるを得ないか、と思いなおす。

伽羅は、ボトルシップを手に取ると陽に渡した。

「陽ちゃん、これを持って、ちょっとそこに立ってもらえますかー」

そう言って暖炉の前に立つように指示を出す。

「はい、笑ってー、撮りますよー」

声をかけ、写真を撮る。そして撮った写真を成沢に「陽ちゃんと、リフォーム中の別荘に来ています。成沢さんがボトルシップを残しておいてくれたと喜んでました」とメッセージを添えて送る。

その後、二階に移動をして作業の様子を見学していると、成沢から返信がきた。

『陽ちゃんのお気に入りだって聞いたからね。リフォームが終わったら絶対に行くから、その時は陽ちゃん、泊まりに来てくれるかな』

溺愛度《できあい》の高い返信に「予想通り」と思いつつ、伽羅は陽に、

「成沢さんが、リフォームが終わったら遊びに来ますって。その時は陽ちゃん、ここにお泊まりしてくれるかなーって聞いてますよー」

と伝える。

陽は笑顔で、

「うん！　ぜったい、おとまりする。それでね、あさは、おにかいのウッドデッキのところでご

はんたべるの」

と、陽らしい返事をしてきて、伽羅が一言一句漏らさず成沢に返信する。

それに対しての成沢の返信は、言葉にならない、という意味だったのかハートマークの羅列《られつ》だった。

とはいえ、成沢の忙しさを考えると、倉橋が言っていたとおり、来られても年に一度か二度だ。

そのため、来ることができない時期は、年間管理費を集落に入れることで、空気の入れ替えや清掃などを代行してもらう契約を結ぶらしい。

もちろんそれも、倉橋の助言によるものだ。

『対価としてだとしても、集落にお金をちゃんと入れてくれるってだけで、みんなの印象も違うからね』

それを聞いた時の涼聖と伽羅はほぼ同時に「抜かりないですね」と言ってしまった経緯がある。

「なりさわさんがきたら、なにしてあそぼうかなぁ……」

「そうですねー。成沢さんがいつ頃来られるかによりますねー。忙しいから、リフォームが終わってすぐっていうのは無理かもしれませんし、冬かもしれませんねー」

「じゃあ、ゆきがっせん！　こうたくんもゆきがっせん、するでしょう?」

作業を続ける孝太に陽が問う。

「するっスよー。また今年も師匠チーム対若者チームで大会っス。大会のあとは、みんなでぜん

める。

「ボク、おもちはふたついれる」

食べ物の話題にすぐに流される陽を、伽羅だけではなく佐々木や関たちも微笑ましそうに見つめる。

「そういえば、もう一軒の、体験施設にするかもって言ってたおうちはどうなんですか？」

伽羅が不意に思い出して問う。

「あっちはもうちょっとってところだな。手配した材料が品切れで、来るのを待っとるんじゃが、それが来て作業したら終わりじゃ」

佐々木が言ったあと、

「田舎暮らし体験施設としてオープン予定って書いて、ちょいちょいリフォームの様子とかアップしてるんスけど、何人ぐらい入れるかとか、どんな形で使えるかとか、わりと問い合わせ来てるっスよ」

孝太が続ける。

「へえ！　すごいじゃないですか」

「そうなんス。けど、宿泊施設にするってなると、なんか許可みたいなのがいる感じなんで、そのあたり調べて、それまでは日帰りっていうか、レンタルスペース的な感じになるかなーとか思ってるんス」

「いろいろ、うまくいくといいですねー」

「うぃっす、頑張るっス」

笑顔で返す孝太や、佐々木たちの作業をもうしばらく見学して、陽と伽羅は別荘をあとにした。

そして二人で手を繋ぎ、診療所へと向かっていると、

「あ、あかとんぼ……」

すいっと目の前を通ったトンボを指差し、陽が言う。

「ああ、ほんとですねー。暑いって言っても、暑さの質が変わってきましたし、もう秋なんですねー」

「だって、もう、くがつもおわっちゃうもん。しゅうらくのおにわにあるかきのきも、みどりいろのみがたくさんなの。また、あまいのたべられるかなあ」

「陽ちゃん、干し柿も好きですよね」

「うん！　あとね、てしまのおばあちゃんがつくってくれる、かきのジャムもだいすき」

すぐに来るだろう秋の気配を感じつつ、二人は秋の味覚について話しながら歩くのだった。

◆◇◆

少しずつ夏が気配の勢いを衰えさせ始めたそんなある夜のことだ。

「じゃあ、俺、陽を寝かせてくる」

診療所から戻った涼聖は車を降りると、診療カバンを琥珀に任せ、後部座席のチャイルドシートでスヤスヤ夢の中の陽を抱いて家に入った。

「ドアを閉め、このボタンを押す……」

琥珀は以前教えられた車の鍵のかけ方を口に出しながら、ドアノブ部分にあるボタンを押す。

するとバシャン、という音とともにロックがかかり、ライトが閉じられる。

それを確認してから、琥珀は続いて家の中に入った。

玄関では伽羅が出迎えるために待っていて、琥珀を見ると、

「おかえりなさい、琥珀殿」

子供のような笑顔で迎えてくれた。

それはまだ伽羅が部屋係として琥珀の出迎えをしてくれていた頃と同じ笑顔で、つい懐かしくなる。

「ああ、今戻った」

微笑みながら返す琥珀に、

「今日、白狐《びゃっこ》様から琥珀殿に文が届いたんですよ。あとでお渡ししますね。琥珀殿は荷物を置い

たら居間で待っててください。俺、食事の準備しますから」

伽羅はそう言って台所に向かい、琥珀はまず荷物を涼聖の部屋に置いてから、居間に入った。

居間では、すでに陽を寝かし終えた涼聖が戻っていて定位置に座し、茶の準備をしていた。

「涼聖殿、カバンは部屋に戻してきた」

言いながら琥珀も定位置に座す。

「ああ、ありがとう」

涼聖が返した時、伽羅が温め直した料理を運んできた。

「お待たせしましたー。今日はかぼちゃのスープと、照り焼きチキンでーす」

そう言って配膳するが、他にも常備菜が並ぶため、食卓は華やかだ。

「うまそうだな。じゃあ、食うか」

涼聖は言うと、手を合わせ、いただきます、と食べ始める。伽羅は料理が並んだのを見計らってから、水屋簞笥の上に置いた和紙の包みを取ると、それを琥珀に差し出した。

「これがさっき言ってた白狐様からの文です」

「ああ、すまぬな。しかし文とは……珍しい」

伽羅から文を受け取った琥珀は、達筆な文字で『琥珀殿』と書かれた宛名を見る。

「そうですよねー、最近は、大体俺に伝言頼んで終わりってことが多いんですけど、わざわざ文って。俺に教えたくない内容ってことですよね？」

「仕事のことかもしれぬが……。とはいえ、術の件は白狐様の思惑通りにはいかなかったが、一応は完成を見て運用に入っているし。また別件かもしれぬな」

琥珀は白狐から、野狐《やこ》化した稲荷を手早く捕縛するための術の構成を依頼されていた。

白狐には「誰にでも簡易に扱える術であること」「野狐化した稲荷と関わりある人間の安全が確保できること」「術者自身も安全であること」この三つを満たすものを依頼されていたが、完全に条件を満たすものは結局作ることができなかった。

そのため、扱う稲荷は限られるが、「簡易で安全に捕縛でき、術者の安全も確保できる」術が採用され、そこから細かな改善を繰り返しながら、運用されている。

とはいえ、秋の波の件以降、野狐化した稲荷が発見されることはなかった。

野狐化した稲荷は発見されなかったが、いつの間にか空になっていた、という祠は、総点検でいくつも見つかっている。

空になった理由が、信仰する者を失い自然と力をなくしての消滅であるのかが分からないことが不気味で、調査に全力をかけていると聞いている。

「えー、もしかしたら、『また遊びに行くでおじゃる』みたいな内容かもしれませんよー」

笑って言う伽羅に、

「遊びに来るんなら、先におまえに了解取り付けるだろ？」

涼聖が返す。

「それもそうか……」

思案顔の伽羅に、

「まあ、琥珀への仕事の文と見せかけて、おまえにサプライズを仕掛けてるって可能性もあるけどな」

涼聖はあり得そうなリアルな可能性を告げる。

何しろ、アポなしで、ある朝突然、居間に鎮座していたことのある白狐だ。考えられない話ではない。

「うっわ、怖っ！　琥珀殿、もし白狐様からの用件がそれだったら、サプライズって書いてあっても教えてくださいね！」

本気の顔で伽羅が言うのに、琥珀は笑って「分かった」と言ってから文を横に置いた。

「今、確認しなくていいのか？」

涼聖が言うのに、琥珀は頷いた。

「急を要するものではない文ゆえ、あとでゆっくりと読む」

「急な用かどうか、見ただけで分かるもんなのか？　急なやつは『さっさと読め』ってオーラ放ってるとか？」

ただ、宛名が書かれただけの和紙に包まれていて、中身は知る由もない。

ならば急なものは見ただけで判断できる要素があるのだろう。

「急を要するものは使う紙が違ったり、文様が刻まれていたりするゆえ」

「まあ、もっと急ぎの時は心話っていって、直接頭の中にメッセージぶっこんできます」

琥珀と伽羅の説明に、涼聖は頷く。

「まあ、急ぎじゃないならいいけどな」

そう言って、夕食を再開した。

伽羅は何くれとなく給仕をしながら、

「今日、手嶋のおばあちゃんのところへケーキ作りを習いに行ってたんで、おばあちゃん家に行く前に集落の祭神殿のところに行ってちょっと話してきたんですよー」

そう切り出した。

「祭神殿は、なんと？」

「夏休みの間は、物見遊山の車も多かったけど、九月に入ったら週末以外はかなり減ってたじゃないですか。それで集落の住民の気も多少落ち着いてよかったみたいなことと、来月末にはやっと道路工事も終わるみたいだから、そうしたら『気』が向こうに抜けていくようになるんで、さらに落ち着くだろうって」

「ああ、来月末には開通するのか」

涼聖が初耳、といった様子で問う。

「そうみたいです。多分来月頭には正式に発表あるんじゃないですかねー？　あ、だからまだオフレコにしといてくださいね。どこ情報だって聞かれても、情報源明かせないんで」

笑いながら返した伽羅は、そのまま続けた。

「ただ、ああいう事故は住民の気持ちも変えるし、その結果として集落も少しずつ変わるかもしれない、とはおっしゃってました」

「孝太くんがやろうとしてることなんかは、祭神の言う『変化』の一つなんだろ？」

「そうです、そうです。変化を嫌う人も少なからずいますけど、緩やかな変化なら『変わってる』って気づかないまま自然と受け入れられるし、住民の意識も少しずつ変わるんで、孝太くんのやってることはその『緩やかな変化』を呼ぶだろうって」

伽羅の言葉に琥珀はただ頷いたが、涼聖は、

「祭神は要するに納得してるっていうか、孝太くんがやろうとしてることで起きる『変化』はいいことだって思ってるってことだよな？」

確認するように聞いた。

その問いに答えたのは琥珀だった。

「よい、悪い、ではなく、その土地で起こることや、生きるものを見守るのが土地神の役目だ。住民がその土地のことを思い、したことであれば悪いようにはならぬ」

琥珀の言葉に、伽羅は頷き、

「まあ、同じことをやっても、そこで欲に目をくらませちゃうとダメだったりするんですけどね

ー。でも、孝太くん、そういう欲とかないっていうか……稀有《けう》な子ですから」

しみじみとした様子で言う。

「あの年頃で欲がないってのは、すごいな」

涼聖が素直に感心するのに、

「孝太殿は日々の楽しみや、幸せを見つけるのがうまいゆえな。陽にしても、そんな孝太殿だからこそ慕っているのだろう」

琥珀が言った。

「遊びにしてもなんにしても、孝太くんは全力投球ですからねー。この前、冬にまた佐々木のおじいちゃんたちと若者チームで対抗して雪合戦するって言ってましたよ」

伽羅は先日、別荘のリフォーム見学に行った時に孝太が話していたことを思い出し、言う。

「ああ……あれな…」

涼聖が苦笑するのは、いわゆる「雪合戦」という言葉で想像する、きゃっきゃや、きゃっきゃとはしゃいで雪の球を投げ合う微笑ましいものではないからだ。

各チーム、自分の陣地内に決められた数の防御壁を作り、そこに隠れながら敵の陣地に切り込み、奥陣に立てられた旗を取る、というもので、飛び交う球は基本剛速球だ。

もちろん、当たるとかなり痛い。

一応、陽に対してはアンダースローでしか投げないということになっているが、流れ弾もある。

そのため、陽には佐々木が板で作った盾が授けられ、陽のみそれに体を隠して戦っていいことになっている。

「……正直、俺、集落の誰よりシニアなんで、シニアチームに入りたいんですけどねー」

伽羅が呟く。

体力差があるので、佐々木たちのシニアチームは、若者チームに対してハンデをつけるため、チーム人数が倍だ。

シニアチームが人海戦術を駆使してくる中、若者チームは知恵と体力を総動員することになり、楽しいのだがかなり疲れるのだ。

「まあ、励むのだな。私は今年もぜんざいを掻き混ぜる係だ」

琥珀も参戦したのだが、三回戦行う中、三回戦とも開始早々に球を当てられ、終了までずっと、たき火に準備されたぜんざいの鍋を掻き混ぜていた。

「今年は琥珀も陽みたいに盾を授けてもらえよ」

無の境地に入ったような顔でひたすら鍋を掻き混ぜていた琥珀の顔を思い出し、笑いながら涼聖が言うのに、

「そうですね。いつもの俺なら『俺が琥珀殿の盾になります!』って言うところなんですけど、勝負がかかってる時は、そう言ってられないんで」

ただの遊びなのに、勝負がかかると、つい本気になってしまう伽羅も言う。

「まあ、何にせよ、まだ先の話だ……。やっと夏が終わるってところだからな」

涼聖が言うのに、琥珀と伽羅も頷いた。


琥珀が白狐から届いた手紙を読んだのは、夕食後、いつも通りに先に入浴をすませ、髪を乾かしてくれた伽羅が自分の家に帰ってからのことだった。

「相変わらず美しい字をお書きになる……」

時候の挨拶から始まる手紙は、いつも通り美しい字で書かれていた。

だが、読み進めるうちに琥珀の眉根が寄り、文を読み終えた時には、深いため息が漏れた。

――如何すればよいのか……。

悩みながら手紙を折りたたみ、元の和紙に包んでしまう。

琥珀殿、と書かれた宛名を見ながら、悩んでいると、

「琥珀、いいか？」

襖戸の向こうから涼聖の声が聞こえた。

「あ、ああ」

返事をするとすぐに襖戸が開き、入浴を終え、パジャマに着替えた涼聖が部屋に入ってきた。

琥珀は手紙をさりげなくしまう。

だが、手紙を読んでいたことはそれを手にしていたので涼聖も分かっていたらしい。

「手紙、読んでたんだろ？　白狐さん、なんだって？」

特に深く、手紙の内容を知りたいというのではなく、夕食の時にも話題に上っていたし、流れとして聞いたという程度の問い方だった。

「崩落事故の件で何か分かったことはあったかということと、本宮で調査が続いている野狐に関した件についてだ。あとは陽や涼聖殿が元気かどうか、と」

「そうか。じゃあ、伽羅にサプライズとかじゃないんだな」

涼聖は笑って言いながら、琥珀の斜め前に腰を下ろし、胡坐をかく。

「事故の原因みたいなモンは、結局のとこ分からなかったんだよな？　けど、自然に起きたモンじゃない」

「おそらくは」

「誰かが何かの目的で、わざとやった？」

「推測の上に推測を重ねることになるが、その可能性が高いだろう。ただ、その目的も、誰の仕業かも分からぬ。あの場所でなければならなかったのか、それとも、どこでも良かったのかもな」

あの場所でなければならなかったのであれば、あれだけですむだろう。

だがどこでもよかったのだとしたら――『次』が出る可能性が高い。

「いろいろ分からぬことだらけで、己の無知が恐ろしい」

思い詰めた表情で呟いた琥珀の頬に、涼聖はそっと触れた。

「おまえは充分よくやってる。それに、伽羅や橡さんだって分からなかったんだ。おまえが責任を感じることはねえだろ」

「……涼聖殿」

「おまえがいろいろ大変だってことは分かってる。その大変なとこ悪いが、今夜、かまわないか？」

そう聞いてきた涼聖に、

「そなた……今の流れで聞くことか？」

琥珀は恥ずかしいのか、憎まれ口を利いてくる。

「まあ、それもそうなんだけど……気分じゃねえとか、都合悪けりゃ、遠慮するけど」

「……別にかまわぬ。明日は休みだからな、致し方ない」

琥珀は言ってから、今の言い方はさすがに気を悪くさせただろうかと思ったが、

「悪いな。まあ、ホントは毎晩でもしたいところを週二に抑えてるから、その努力を買ってもらえてありがたい」

涼聖は笑って言うと立ち上がり、琥珀に手を差し出した。

その手に琥珀は自分の手を乗せ、続いて立ち上がった。

涼聖と出会うまで、そういう意味で触れられたことのなかった琥珀は、相変わらずこういう時にどうしていいのか分からない。

分からないから、涼聖にされるがままになることが、唯一自分にできることなのだが、

「…涼聖殿……」

涼聖のベッドの上で、何度も繰り返し、深く口づけられて、思考が半分ほど飛んだところでやっと口づけから解放された琥珀は、涼聖に浴衣を完全にはぎとられたあたりで、そっと名前を呼んだ。

「どうした？　暑いか？」

近頃、朝晩は涼しすぎるくらいの気温なのだが、することがすることなので、窓をきちんと閉めた上で致すことになる。

そうすると、やはり暑いし——真夏は正直、したいが暑い、暑いがしたい、というジレンマで（結局するのだが）、いろいろ理由をつけてクーラーを入れようかと本気で検討している——、今は止めている扇風機でもつけようかと思って聞いたのだが、琥珀が口にしたのは、思ってもいないようなことだった。

「私が相手で……つまらぬと思ったことはないのか…？」

「は？」

突然何を言い出したのかと、涼聖は戸惑った。

琥珀の言おうとしていることが自分の思う意味合いのことなのか、それとももっと深い別の意味のものなのかを測りかねて、涼聖はじっと琥珀の顔を見つめる。

その視線に、琥珀は続けた。

「だから…、私のように、いつまでも何もできぬ者が相手で……」

言いづらいのか、そこで言葉を切った琥珀に、

「あー、うん、分かった。俺が思ったのと同じ意味合いで考えていいんだな」

涼聖は自分と琥珀の考えている方向性が同じだと確信できたので、そう言ってとりあえず琥珀がそれ以上言わなくていいようにする。

が、とはいえ、いろいろ疑問だ。

「どうした？　急に」

「……どうも、せぬ。ただ……人の世界で言うところの『マグロ』というものだろう、私は。だから…つまらなくはないのかと、不意に思っただけだ」

いつだったか、不慣れな様子なのがいいのだと、涼聖が言ったことはある。

だが、それとてかなり前のことだ。

いつまで不慣れなままなのかと、呆れてもしかるべきではないかと思う。

だが、涼聖は琥珀の言葉に大きく息を吐いたかと思うと、

「やべぇ……、天然、マジで最強」

そう呟いた。

その意味するところが分からず、琥珀が眉根を寄せると、

「あのな、つまらねえとか、面倒とか思ったら、まず誘いにいかねえだろ？」

涼聖は言い、そして続けた。

「あと、おまえを普通の狐といっしょくたに考えていいとは思わないけど、狐って一応発情期があって、それ以外の時期はエロいことしようと思わないのが普通だろ？　けど、人間は時期とか関係なくいつでも、だから……毎度飽きずにやりたがりやがってって呆れられてんじゃないかと、逆に俺はそう思ってた」

「涼聖殿……」

「精神的な繋がりだけで満足、とか言えりゃ格好いいのかもしれないけど、俺にはまだ無理だな」

だから悪いけど、付き合ってくれ、と涼聖は笑う。

「……そなたが、それでいいなら」

琥珀はそう返したが、涼聖が結局は『悪者』を演じてくれたのだということにも気づいている。

肉体的な繋がりを持つことで、琥珀は妖力を取り戻している。

もちろん、妖力を取り戻している術《すべ》はそれだけではないが、そこに拠るところが多いのだ。

「じゃあ、そういうわけで」

涼聖はそう言って琥珀の額に唇を押し当て、柔らかな口づけをしてから、思い出したように言

大漁

った。

「あと、おまえは多分『マグロ』とはちょっと違うと思う」

「え?」

「積極的じゃないってだけで、無反応じゃねえだろ。さすがに無反応だったら、俺も心折れてるって。まあ、積極的なおまえも見てみたいっていうか……、痛って……」

不意に脇腹を抓られて涼聖は顔を顰める。

「涼聖殿……」

「悪かったって……」

涼聖は笑って、今度は唇に口づけてきた。すぐに深い口づけになり、裸の琥珀の肌の上を涼聖の手が這いまわる。

優しく触れているだけなのに、時折、なんでもないところを触れられて、背筋をゾクゾクとするような感覚が走った。

こういう時に、琥珀はどうしていいか分からなくなる。

手を、涼聖の背に回せばいいのか、それとも下に落としたままでいいのか。

もっともそんなことを考える余裕があるのも、今だけだということも分かっているのだが、どうしても羞恥や理性が限界を迎えるまでは、自分がどう反応すればいいのか困る。

そんなことに気を取られていると、不意に胸に手が伸び、尖りを摘みあげられた。

「……っ…」

上げかけた声は、口づけに飲み込まれて音にならなかった。

感情とは裏腹に、触れられることに慣れた体は涼聖の手が動くたび、勝手に反応してしまう。

尖りだけを執拗にいじられたかと思えば、今度は胸全体を揉むようにしてきて、くすぐったいのにそれだけではない感覚が下半身にも伝わって、もどかしくなる。

無駄だと分かっていながら、体をひねり逃げようとしたが、しっかりと押さえこまれていてどうにもならないどころか、自身のそれが涼聖の腹に当たり、滑る感触がした。

己の淫らさを自覚させられた気がして、死にたいほど恥ずかしいと思うのに、涼聖の手が胸から琥珀自身へと伸びて、それを弄び始めると、羞恥を通り越すような愉悦が湧き起こった。

「……っ…ぁ、あ」

口づけが終わり、琥珀の唇から声が上がる。

「可愛いなぁ……、こんな可愛いマグロ、いるわけないだろ」

本当にそう思っている、といった感じの涼聖の声とともに愛撫《あいぶ》の手が強まり、蜜《みつ》を漏らす先端を指先で強く擦られ、琥珀の背中が大きく反った。

「あっ、あ……ぁ、あ」

触れる涼聖の手が溢れる蜜でさらに滑らかに動くのを感じて、いたたまれないような気持ちになるが、気持ちがよくてどうしようもない。

「や……ぁ、あっ、ダメ、だ……っ、そこ」

敏感な場所を執拗に愛撫されて、琥珀の唇から切羽詰まったような声が漏れる。

「あっ、あ」

「うん、ダメになりそうなのは知ってる。だから、ダメになろうか」

琥珀の声を聞いても、涼聖は愛撫を止めるどころか、もう片方の手で根元の果実を揉みこみながら、さらに先端の穴に少し指を潜り込ませるくらいの強さで擦りたてた。

「や……ぅ……あっ、ああっ、あ……っ、ああ……っ!」

琥珀の体が大きく震え、達する寸前で蓋をするようにして琥珀自身の先端を緩く包んだ涼聖の手の中に蜜が放たれる。

放った蜜は涼聖の手のひらからとろりと零れ落ち、そのまま琥珀自身を伝い落ちた。

「ぁ…あ、あ、あ……」

放つ間も根元の果実を揉みこむ手は緩められず、達している最中の自身を嬲られるよりはマシだと言っても、敏感になっている体に与えられる刺激に声が止められなくなる。

「……っふ、ぅ、あ、あ」

「トロトロだ」

囁《ささや》いた涼聖は果実にまで滴ってきた蜜を下からゆっくりと自身に沿って拭うようにして集めると、蓋をするようにしていたもう片方の手の指にたっぷりと塗りつけた。

クチュクチュと響く生々しい音に、眉根を寄せる琥珀に、ふっと笑ってから、濡れた指を後ろの穴に押し当てた。

その感触にヒクッ、と琥珀の腰が揺れる。

「力抜いて」

いつものことだが、それでも最初に触れられる時には体が勝手に反応してしまう。

息を吐くとそれに合わせて、グチュリと二本の指が中に入ってきて、奥へと沈みこんでいく。

「あ……ぁ、あ」

慣れた様子で体の中を探る指が、琥珀の弱い場所を見つけ出していじり始める。

「ぁ…」

涼聖は琥珀の反応を見ながら、中の指を角度を変えたり、いじる強さを変えたりしてほぐしていくのだが、そうされると触れられてもいない奥までが期待するように、反応を始めるのが分かった。

「ふ……っ…ぅ、…っう、んっ」

上がる声が恥ずかしくて、何とかしてこらえようと、琥珀は手の甲を口に押し当てる。

「声、我慢しても同じだぞ？　気持ちいいって、ここが絡みついてくる」

涼聖の言葉に、イヤイヤをするように頭を横に振るが、その琥珀の中から涼聖は一度指を引き抜いた。

それにホッとしかけた時、今度はその指が三本に増えて体の中を暴く。

増した圧迫感に喉が鳴ったが、弱い場所を三本の指でバラバラに擦りたてられ、背中が浮くほどの快感が走り抜けた。

「あぁぁあっ！　あっ、いや…だ、待っ……」

「待たない」

逃げようとする琥珀の腰をしっかりと片手で押さえ、涼聖はさらに指を使ってくる。

体の奥からせり上がってくる感覚は馴染みのものだったが、琥珀は何とかして逃げようとシーツを蹴る。

「ダメ、だ……、待っ…今……」

今は嫌だ、と言おうとした時、ひときわ強く抉るようにして弱い場所を突きあげ、嬲られた。

その瞬間、琥珀の中で何かが弾けたような感覚があり、頭が真っ白になった。

「あっぁ……ぁ、あっあっあ……！」

押さえられた腰がガクンガクンと震えて、圧倒的な悦楽に琥珀は侵される。

それと同時に『この後』のことが脳裏を掠めて、心の底で何かひやりとしたものが一瞬走ったが、すぐにそれは湧き起こる欲望にかき消された。

間違いなく絶頂を得たのに、琥珀自身からは透明な蜜が溢れているだけで、射精した形跡はない。

後ろだけで達してしまうとそうなるのだということは、何度も経験したから知っている。

だが、そうなった体がどうなるかも、琥珀は充分知っていた。

中だけで得た絶頂は快感が長く持続する。

前戯の段階でそうなってしまうと、そのあとの自分がどれだけ乱れることになるか、そしてどれほどの愉悦に溺れることになるか知っているからこそ、待ってほしいと言ったのだ。

だが、待ってほしいと言いながら、心のどこかでは溺れるほどの愉悦を望む自分がいたことも確かだ。

荒く息を継ぐ琥珀の中から、涼聖はもったいつけるようにゆっくりと指を引き抜く。

そして、柔らかくとろけたそこに自身の先端を押し当てた。

「琥珀、そのまま、力抜いてろよ」

その言葉に琥珀が答える間もなく、ゆっくりと中に涼聖が入ってきた。

ぬち…、ぐちゅ…、と濡れた水音をさせながら、涼聖のそれが体の奥へと入ってくる。

「ぁっあ、あ……、あ」

中で達して敏感になった体は、ゆっくりと擦られる感触にさえ感じきり、琥珀の唇から声が零れ落ちる。

やがて、涼聖のそれが琥珀の浅い場所にある弱い部分に到達し、琥珀の体が大袈裟なくらいに跳ねた。

「あっ」

「琥珀……」

優しい声音で涼聖は名前を呼んだが、その優しい声とは裏腹に、その後もたらされる暴力的な愉悦を思って琥珀の喉が鳴った。

「っ…あ、待っ……」

「無理」

悪いな、と付け足した涼聖のそれが、あの弱い場所を抉るようにして擦りたててくる。

「ぁ……あああっ、ああ！　ダメ…っ……あ、っ、あ、あ」

中で達していた琥珀は、弱い場所で律動を繰り返されて、また簡単に絶頂へと飛ばされる。

「やぁっ、あ、ああ、あ……っ、そこ…、あっあ」

ぐずぐずにとろけて、体の中から形を失っていきそうな気がするが、

「っ…は、キツすぎ……」

中にいる涼聖自身を締め付ける肉襞の力に、涼聖は苦笑する。

「……っあ、うご…くな…今……っ…あ、っあ」

「動くなとか、無理」

こんなに気持ちいいのに、と涼聖は弱い場所を中心にして、さらに奥までを擦っていく。

そのたびに頭の中が真っ白になって、もうずっと達したままの状態が続いているけれど、気持ちのよさが全然終わらなくて、怖い。

「あぁっ、あ、あ、もう……っ、あ、あ」

意識が飛んでしまいそうな愉悦だというのに、さらに与えられる激しい律動が、意識を飛ばすことを許さないほどの悦楽を呼び起こすのだ。

「琥珀……」

「……っ…ぁ、あ」

「一度、出す」

そう涼聖の手が、中からの絶頂に震えて透明な蜜をタラタラと流す琥珀自身をとらえた。

「アアッ、あ、イ…ぁ、あっ、あ」

中と外。

両方に与えられる刺激で、琥珀の中が一層強く涼聖自身を引き絞るようにして締め付けた。

それに、涼聖は琥珀自身の先端の蜜穴を指で暴くようにして、グリグリと擦りたてた。

「あ、あ、ぃ、っあぁああっ！」

濡れきった声を上げて、琥珀が自身を弾けさせる。それに重なるようにして、涼聖が低く呻き、琥珀の中に熱を放った。

すべてを注ぎこむように、緩く腰を使いながら涼聖が、連続した絶頂に体を小刻みに震えさせる琥珀自身をヤワヤワと握りこみ、可愛がるように撫で擦る。

「……っ…いゃ、あっあ」

達したままの状態にも関わらず自身を擦られるのは、気持ちよすぎてつらい。

それなのに、涼聖は中に放った精液を馴染ませるようにしながらゆっくりと腰を回し、絶頂の最中に変化してしまった琥珀の狐耳の中にふっと息を吹き込んだ。

「……っ…」

それだけの感触にも、また琥珀は達したようで体を震わせる。

その琥珀に、涼聖は囁いた。

「琥珀、もっと悦くしてほしい」

それは頼み事を装った口調だったが、決して『頼み事』ではないのを琥珀はこれまでの経験から知っている。

『頼み事』ではなく、『決定事項』なのだということを。

「……涼…」

「……おまえとしたいって、思うのは……もちろん欲があるからだ。けど、どうしたって、俺とおまえ、体は二つ。だから、一番近くに長くいたい、そう思ってる」

どれほど近くにいても、一つにはなれない。

けれど、体を繋いでいる時だけは一つになれているような錯覚ができる。

「涼聖…殿……」

名前を呼んだ琥珀に、涼聖はふっと笑った。

「なんだかんだ言って、おまえとしたいってだけかもしれないけどな」

そう言ったあと、返事はいらないとでも言うように、涼聖はゆっくりと腰を使い始めた。

「あっ……ぁ、あ、待っ…少し……」

「待たない。悪いな」

少しも悪いと思っていない様子で、涼聖は再び琥珀を責め立てる。

呼び戻されてくる絶頂に、琥珀は喘ぎながら、喜びと、不安と、幸せの入り交じった名前のつけられない感情に溺れた。

6

翌日は再び、涼聖の買い物当番の日だった。

「じゃあ、そろそろ行く準備するか」

十時前、涼聖がそう声をかけ、みんなそれぞれ出かける準備のため、立ち上がった。

「きょうのおひるごはん、なにたべようかなぁ」

陽の心は、もうすでにフードコートに飛んでいる様子だ。

その様子をみんな微笑ましそうに見てから、涼聖と琥珀は部屋に、伽羅は一旦自分の家に戻った。

簡単に身支度をした琥珀は、居間に戻ろうとして、ふっと視界に入った白狐からの手紙を手に取った。

そして、再び目を通す。

——……それゆえ、二月、できれば三月、本宮に滞在できぬであろうか——

昨夜、涼聖には伏せたが、白狐からの手紙のメインの用件はそれだった。

自分のために必要なことであるのは理解できる。

だが、気が重い話でもあった。

「こはくさま、じゅんびできた?」

襖戸の向こうから、陽の声が聞こえた。

「ああ、まもなく」

「はいってもいい？」

「かまわぬが、すぐに行くぞ」

手紙をしまいながら琥珀が返事をしている途中で、襖戸が開き、陽が部屋に入ってきた。

「こはくさま、きょうは、なにたべる？」

笑顔で近づいてきて、聞いてくる。

「そうだな、今日は何を食べようか、迷うな」

問いながら立ち上がり、陽と手を繋いで部屋を出た。


この前のように、月草の神社に立ちよって挨拶をしてから、再びショッピングモールにやってきた。

フードコートでそれぞれ好きなものを買ってきて——陽は散々迷ったあげく、お子様用のラーメンとチャーハンのセットにした——一つのテーブルに集合して食べたあとは、買い物だ。

だが、今回は前回と違い、伽羅と涼聖はスーパーへ食材の買い物に行き、琥珀と陽はセンター内の他の店に行くことになった。

陽が広告に載っていたモンスーンのおもちゃを見てみたい、と話していたからだ。

「じゃあ、またあとで」

涼聖と伽羅が大きなカートの上下に、それぞれ籠を三つ載せてスーパーの中に入っていく。それを見送ってから琥珀と陽は二階にあるおもちゃ売り場に向かった。

だが、残念なことに広告に載っていたおもちゃは売り切れてしまっていた。なんでも、開店して三十分で出てしまったらしい。

「ざんねん。シロちゃんとあそびたかったのに」

「そうだな。だが、仕方のないことだ。では、次は本屋に行くか？」

長時間、陽と一緒におもちゃ売り場にいるのはいささか危険に思えたので、琥珀は次へと促す。

「うん。こはくさま、えほん、ほしいのあったらかってくれる？」

「一冊だけならな」

楽しみにしていたおもちゃを、現物を見ることすらできなかったのだ。

一冊ならいいだろう、と琥珀は許可をする。

「やった！　どんなのがあるかな……」

「面白い本があればよいな」

仲良く手を繋ぎ、本屋へ向かう。

だが、本屋に入ると二人は別行動になった。

陽は子供向けの本が並んでいるコーナーへ、琥珀は文庫本のコーナーに向かったのだ。

まず陽を子供向けのコーナーに連れて行ってから、別れる時に「知らない人に声をかけられて、その人が探しものや探し人を手伝ってほしいと言ってもついて行ってはならぬぞ」と言い聞かせて、琥珀は文庫本のコーナーに向かった。

子供向けのコーナーに残った陽は、並んでいる本をいろいろ手にとって選ぶ。

集落のみんなからもらったのと同じ絵本もあるが、持っていない絵本もたくさんあって、陽はどれにしようか悩む。

その中から陽が選んだのは、お話が楽しくて、シロにも教えてあげたいと思った絵本だ。

――きょう、ねるときによんでもらおう……！

そう思うと嬉しくて、陽は選んだ絵本を抱えて琥珀を捜しに行った。

だが、本屋は大きく、知らない間に早足になってしまっていたことと、琥珀を捜してきょろきょろしてしまって、ちゃんと前を見ていなかったこともあり、陽は途中で誰かとぶつかって、転んでしまった。

「あっ」

コテン、という形で床に転んだ陽だが、すぐにぶつかった相手が手を貸してくれた。

「大丈夫か、坊主」

それはサングラスをかけた男だった。男は、転んだ時に勢いで手放してしまい、床に投げ出されてしまった絵本を拾うと、陽へと差し出した。

「……ぶつかっちゃって、ごめんなさい」

陽が謝りながら絵本を受け取ると、男は何も言わなかったが、軽く陽の頭を撫でて、歩いていった。

陽も琥珀を捜しに、再び歩き始めたが、数歩進んでから、助け起こしてもらった礼を言いそびれたことに気づき、礼を言うために振り返った。だが、男はもうそこにはいなかった。

「あれ……？」

少し先のコーナーに入ってしまったのかと、そこまで行って見てみたが、やはり姿はない。

——どこいっちゃったのかな……。

不思議に思っていると、

「陽、ここにいたのか」

琥珀が近づいてきて、声をかけた。

「あ、こはくさま」

「その本にするのか？」

「うん！　すごくたのしいの。シロちゃんにもよんでほしくて」

「そうか。では、それを買おうか」

琥珀はそう言って陽から本を受け取り、自分の選んだ文庫と会わせて片手で持ち、もう片方の

手で陽と手を繋ぎレジへと向かった。

レジを終えると、合流予定の時間が近かったため、琥珀と陽はそのまま待ち合わせ場所である一階正面玄関へと向かった。

すると、そこにはすでに買い物を終え、カートに大量の荷物を積んだ涼聖が待っていた。

「待たせたようですまぬな」

琥珀が言うのに、涼聖は頭を横に振った。

「いや、今日はレジがあんまり混んでなくてスムーズに終わっただけだ。それに伽羅がまだだ」

そう言ってから陽に目を向け、本屋の袋を大事そうに抱えているのを見ると、

「本、買ってもらったのか?」

と聞いた。

「うん。おもしろかったから、シロちゃんにもよんでほしいの」

「そうか、面白い本があってよかったな」

涼聖が言った時、

「遅くなってすみませーん」

ガラガラガラと涼聖よりももう少し多い荷物をカートに載せて伽羅がやってきた。

「いや、おまえのほうが一軒分多かったからな」

涼聖が気にするなとでもいうように言ったのに続けて、

「きゃらさん、おねがいしたおかし、あった?」

陽がすかさず聞く。

「もちろんですよー。おうちに帰ったら渡しますね」

「うん!」

嬉しそうに陽は返事する。

「伽羅殿、余計には買っていないだろうな?」

念のため、といった様子で確認する琥珀に、

「買ってませんよー。今日は一人だったんで心を鬼にしてこらえました」

伽羅は心臓のあたりを手で押さえながら言う。

「分かるぞ、本人がいなけりゃ、なんとかギリ頑張れるよな」

「そうなんですよー。脳内に浮かぶ面影を追い払って追い払って」

涼聖と伽羅は意気投合した様子で話す。

そんな楽しげな四人の様子を、吹き抜けになっている上の階から、サングラスの男が見下ろしていた。

――つかの間の幸せに、悔いのないように浸っていろ……。

サングラスの下の赤い目に四人の姿を映しながらまるで呪詛のように、胸のうちで呟く。

その中、陽はふっと振り返り、吹き抜けを見上げた。

だが、そこには何もなかった。

「陽、如何した？」

陽の様子に気づいた琥珀が問う。

だが陽は頭を横に振った。

「ううん、なんでもない」

「じゃあ、帰るとするか。帰ったらおやつだな」

「冷凍のたいやき買いましたから、それ、チンしましょう」

涼聖の言葉に伽羅が返し、陽は「たいやき！」とテンションを上げる。

「楽しみだな陽。決まったら、急げ急げ」

「うん、はやくかえって、たいやきたべる。きゃらさん、ちょっとだけホイップクリームのせてもいい？」

わくわくした様子で聞きながら、陽はみんなと一緒にショッピングセンターをあとにしたのだった。

おわり

烏天狗の子連れデート

CROSS NOVELS

1

橡《つるばみ》が住んでいるのは、伽羅《きゃら》の祠《ほこら》——かつては琥珀《こはく》の祠があった——から、さらに奥の山にある、かつての集落跡の廃墟《はいきょ》だ。

どの程度、廃墟かといえば、

「入ったら一発で呪われそうじゃね？」

と言われそうなレベルで廃墟だ。

家の外周は蔦《つた》やその他の草木で覆われ、唯一扉付近だけ、人の出入りができるレベルに刈り取られているが、どう考えても中に入りたいとは思えないというか、入れそうな雰囲気ではない。

が、その中は意外にもきちんと片づいていて、外とのギャップが激しい。もちろん、年代を経た家特有の古びた感じはあるのだが、それでも不潔さはない。

その家の中では、ご機嫌な淡雪《あわゆき》の楽しげな声がしていた。

淡雪のご機嫌な声に、かつて橡や橡の側近たちは怯えたものだった。

基本、淡雪がご機嫌なのはイタズラをしでかしている時と相場が決まっていたからである。

だが、今は違う。

「くーし、うーすー」

「そう、モンスーンだね。淡雪ちゃんは賢いね」

廃墟の居間では、胡坐をかいた足の間に淡雪を座らせた倉橋《くらはし》が絵本を見せていた。陽《はる》から借りてきたモンスーンの絵本である。

「まるで夢みてぇだなあ……。ご機嫌な淡雪を、こんなに心安らかな気持ちで見守れる、なんてぇのは」

そう言うのは、止まり木に止まっている椽の側近の一羽である藍炭《あいずみ》である。

「はは、普段の淡雪ちゃんは、そんなに悪さをするのかな」

これまでにも椽や、涼聖《りょうせい》、伽羅から普段の淡雪の暴れっぷりというか、無体を働く有様は漏れ聞いていた。

だが、藍炭のしみじみとした声から察するに、噂以上のようだ。

とはいえ、当の淡雪は、倉橋を見上げると、にこっと笑って、絵本を指差し、「うーすー、ばーん」と、モンスーンがパンチを繰り出しているシーンを口に出して表現する。

その様子は本当に可愛らしく、肌の白さなども相まって天使さながらなのだが、側近たちからは「白い悪魔」という二つ名を頂戴してしまっているらしい。

「とりあえず、自分がここに詰めてなきゃならん時は、椽が淡雪を連れ出してくれてりゃいいなと前の晩から祈る程度には、いろいろしでかしてくれる。俺はこれまでに三度、羽を抜かれた……。一度は冬だったから寒くて風邪を引くかと思ったぞ」

遠い目をして語るふうの――なぜ『ふう』なのかといえば、烏である藍炭の表情は見て取れないからだ――藍炭の言葉に、倉橋は、乾いた笑いを浮かべた。

「壮絶だね」

「まあ、仕方ねぇ。親父もお袋もいねぇんじゃ、無条件に甘える先がねぇからな。……いや、親父のほうはいても無駄か……」

思い直したように藍炭が言うのに、

「ああ、『藍墨《あいずみ》』さんのことかな？　椽さんと淡雪ちゃんのお父さんの」

倉橋が言うと藍炭は頷いた。

「そうだ。椽から聞いてるかもしれねぇが、まあ、家庭に収まるような奴じゃなかったな。親父さんがいた頃は、俺も椽もガキだったが、正直、ガキなりに『こういう大人って、正直どうなんだろうな』って思ったもんだ」

「どういう人だったのか、偲ばれる言葉だね」

笑って返す倉橋に、

「椽にとっちゃ反面教師って言いてぇトコだが、反面教師になるほどここにもいなかったな。あんまりにも家庭を顧みないいっつーか、風来坊っていやぁ聞こえはいいが、フーテンっぷりに、先代が椽を憐《あわ》れんで側に置いたくらいだからな」

しみじみと藍炭が言う。

「先代さんっていうのは、橡さんの血縁とかじゃないんだよね？」

「ああ、違う。別に世襲制ってわけじゃないし、能力の高いやつが総領を務めるのが、一番だからな。まあ、そのおかげで過去には血みどろの争いなんてのもあったらしい」

「血みどろの？　穏やかじゃないね」

倉橋が返す。

「まあ、一族にとっちゃ、能力の劣るのが総領ってよりはいいんだが……そもそも、俺や他の側近連中みてぇに生まれつく数も限られてりゃ、橡みてぇに変化できるほどの能力を持って生まれんのはもっと少ねぇ。だから、本当は協力しあえんのが一番なんだが、まあ、そういうわけにもなかなかいかねぇもんでな」

藍炭はそこまで言って、

「おっと、退屈な話だな」

と、話を切りあげようとしたが、

「いや、興味深いよ。よかったら話してもらえるかな」

倉橋は続きを促す。

淡雪は多少、退屈そうな顔をしていたが、とりあえず倉橋が抱っこをしてくれているので、ご機嫌は悪くなさそうだ。

「そうか？　じゃあどうするか……そうだな、とりあえず先代の橡の話からするか……。先代の椽は、飛び抜けた妖力の持ち主ってわけじゃなかった。まあ、その頃の一族の中じゃ唯一の妖力持ちだったんだが、歴代総領の中じゃ並レベルってとこか」

「飛びぬけてないってだけで、総領を務めるには問題ない人だったんだろう？　まあ、『人』じゃないんだろうけど」

「ああ。そういう意味じゃ何の問題もなかった。だが、椽の親父さんが生まれてちょいと状況が変わったみてぇだな。俺も、当時のことは人づてに聞いただけだが、親父さんのほうが先代よりも素質があったらしい。それで先代は危機感を持ったんだ。次代を託すってぇには、先代と親父さんの年が近すぎる。そうなりゃ、自分が総領の座を追われるかもしれねぇって」

「ちょっと穏やかじゃない感じになってきたね」

藍炭の話に、倉橋はやや真剣な面持ちで返す。

「まあ、どこでもありそうな話っちゃ、話なんだが……。先代はとにかく親父さんの動向をいろいろと気にしてた。だがな、先代が心配しなきゃなんねぇような状況にゃ、ならなかった」

藍炭はそこで一度言葉を切ったあと、

「これは俺の意見じゃなくて、当時のことを知ってた俺らより上の年代の連中の言葉なんだが、まあ、親父さんは『正直、クズ』だったらしい」

あられもない言葉を口にした。

「……クズって、ストレートすぎるね」

苦笑した倉橋に、

「酷ぇと思うだろ？　けど、聞かされたエピソード聞いて、俺も『そりゃ、確かにクズだな』って思っちまったからな」

藍炭は致し方ない、といった様子で言う。

「そのエピソード、聞いてもいいのかな」

倉橋が言うと、藍炭はちらりと淡雪を見てから、

「まあ、親父さんの血を引く淡雪がいるから、ソフトなのを選んで披露するとだな……」

そう前置きをして、橡の父――先代の藍墨の『正直どうかと思う』エピソードの中からソフトなものを選んで披露してくれた。

藍墨は、かなりのイケメン烏天狗《からすてんぐ》だったらしい。

橡と似ているそうなのだが、橡の硬派なイメージとは違い、『どう転んでもタラシ』の匂いがプンプンとしていたらしい。

それは幼い頃からだったようで、老若男女問わずモテた。

そして、思春期を迎えたあたりから、いろんな意味でその才能を開花させたらしい。

【藍墨のクズエピソードその1：人妻でもおかまいなし事件】

年頃になった藍墨には、言い寄る相手が多くいた。

もしかしたら、当代の長《おさ》――先代の橡だ――を追いやって、総領の座につくかもしれないと計

算し、今のうちに寵愛《ちょうあい》を受けてうまくいけば子供を授かって、とそういう欲得ずくで近づく者もいたが、大半は藍墨の魅力にコロリとやられた者たちだった。

そして、藍墨は来る者拒まずだった。

その中には人妻の烏――烏なので『人』妻ではないわけだが――もいたのだが、そんなことなど大したことではないというか、誘ってきたのは向こうだからという理由で関係を持った。

その烏が身ごもった際、人妻烏は自分のしでかした事態の重さに耐えきれなくなり、自分の夫に藍墨と関係を持ったことを話し、キレた夫烏が藍墨のもとにカチコミをかけてきたのだ。

もちろん、騒ぎを聞きつけた他の烏や、先代の椽によって一旦収められたのだが、その話し合いの席で藍墨が言ったのは、

『ヤったのは間違いねえ。それは認める。孕《はら》んでる卵がどっちのガキか分かんねぇのは仕方ねぇだろ。生まれた雛《ひな》が妖力持ちだったら俺の子ってことで引き取って育てる。それでいいだろ』

完全に居直った言葉だった。

「産み落とした卵は全部、通常の烏と変わらない日数で孵《かえ》ったんで、普通の烏ばっかりだったんだが……妖力持ちと番になったからって、孕んだ卵が全部妖力持ちってことにゃあなんねぇから、実際には藍墨の子供もいたんじゃねぇかって噂になったらしい。とはいえ、当時の藍墨はまだ百歳にもならないガキだったんで、ガキにコナかけた大人が悪いっていう奴のほうが多かったな。むしろ、ガキなのに、自分の子供なら引き取って育てるっつった藍墨を褒める奴すらいた」

藍炭の言葉に、倉橋は首を傾げた。

「百歳って、人間換算すると何歳くらいなのかな」

「個人差はあるんだが、十四、五……まあその前後くらいか」

「人間だと中学生だね。まあ、相手が悪く言われるのも仕方ない気はするけど……」

粋がった藍墨の物言いも、その年代特有の中二病的なものだと思えば納得もいく。

もちろん、それは現代の話であって、その当時の十四、五歳は大人扱いされていたのかもしれないが。

「まあ、そんなことがあって、藍墨にゃあ監視が付くようになったらしい。けど、監視を撒《ま》くのなんざ、赤子の手をひねるようなモンで、まあ、いろいろしでかしてくれてたらしい」

【藍墨のクズエピソードその2：人界でもやりたい放題】

領内ではいろいろ監視が付いて面倒になった藍墨は、人の姿になり、人界で過ごすことが増えたらしい。

もちろん、それでも監視が付いていたわけなのだが、室内にまで入るわけにはいかないし、あまり人に近づけば害鳥扱いで追いやられて怪我をするため、遠巻きに監視するのが精一杯だった。

藍墨の「どう転んでもタラシ」な面は人にも有効で、人界でも藍墨を慕う者が多くでき、楽しくやっていたらしいのだが、その集う面々の中に、極道の親分の倅《せがれ》というのがいた。

そこからのつながりで、藍墨はその親分に気に入られ、将来は親分の娘を嫁にという話が持ちあがった。

だが、藍墨はまったく乗り気ではなく、何とかのらりくらりと逃げようとしていた頃、隣り合うシマの極道との抗争になった。

その最中、親分を逃がすために殿《しんがり》を務めた藍墨は、敵に囲まれ、親分を無事に逃がすことはできたものの命を落とし、そのままどこかに埋められたか、沈められたかで遺体は出ず、命をかけて親分を守ったとして、空の棺のままで、壮大に葬儀が行われたらしい。

「つーか、殿務めるなんて言ったものの、一人になった途端に、鳥に戻って逃げただけだからな。しかも、隣のシマの極道に抗争の火種を持ちかけたのもアイツだからな。面倒になったからって逃げるためにそこまでするか？　普通」

藍炭の言葉に倉橋は、

「ソフトなエピソードって聞いてたのに、結構ハードめだね？」

乾いた笑いを浮かべて言った。

「そうだったか？　一応ソフトなのを選んだんだがな……ああ、じゃあ、もうちょいソフトめっていうか、椽の母親の話をしようか」

藍炭はそう言って続ける。

【藍墨のクズエピソード番外：椽の母と所帯を持つ】

やりたい放題の藍墨は、近隣の領地の鳥類全般にもコナをかけ、領地拡大意欲に燃えてそもそも周囲とモメていた先代椽の件も相まって、いろいろと状況は酷かった。

仲違いする領地にそれぞれ住まう恋人たち、などとロミオとジュリエット思考に陥る女たちが続出で、ジュリエットが常時、五、六羽いたくらいだ。

そんな藍墨の所業に、身を固めさせれば落ち着くかもしれないという話が持ち上がり、藍墨は所帯を持つことになった。

選ばれたのは領内では「美鳥だが、男勝り」と噂《うわさ》の一羽だった。

妖力を多少持ってはいたが、人に変化できるほどの力はなかった彼女との相性は、悪くなかったらしい。

所帯を持ってすぐに子供ができた。

最初の何羽かはすべて普通の烏で、そのうちに生まれたのが椽だった。

しかし、所帯を持ったといえども、藍墨の所業が収まったわけではなく、相変わらずあちこちに女を作っていたし、帰ってこないことも珍しくないというか、帰ってくることが珍しい状態だった。

とはいえ、椽の母親はそれを大して気にしている様子もなかった。

『ちょっとでも家庭に向いたところのある人だったら、期待もするけど、最初から家庭に向かないって分かってたし、時々生存確認程度に戻ってくるからいいんじゃない？』

と、気楽なものだ。

もちろんそれが彼女の気持ちのすべてではなかっただろうが、ともかく、彼女がうるさく言わないのが心地よかったらしく、藍墨は折に触れて戻ってきていた。

「橡の母親は、そりゃまあ強い女だった。藍墨がよそで作った女が『別れてくれ』って言いにきたことは何度もあるんだ。俺が物心ついてからでも何度かあったが、あれの母親のセリフはいつも決まって同じだ。『別れるもなにも、人間みたいに籍入れてるってわけじゃなし、あの人を独占したけりゃ、アンタが努力なさいな。自分の力不足を棚に上げてこっちに文句言いに来ないでくれない』ってな」

「強いねぇ……」

「まあ、人間ほど世界が複雑にできてねぇからこそってとこがあるだろうがな」

「橡さんの、お母さんって人は、もう?」

「ああ。まだあいつがガキの頃に病気でな。元気だったんだが、病気になったら、それこそあっという間だった。それから藍墨はほとんど帰ってこなくなって……その放蕩っぷりに、残された橡を憐れんだ先代が、いろいろ気にかけて育てたんだ。橡とは年齢差的にも次代にと定めてよかったしな」

藍炭の説明に、

「橡さんのお父さんが放蕩をしてたのは、そのあたりを計算してってことはないのかな？　先代さんに痛くもない腹を探られて、変な諍いを起こさないために、うつけ者を演じてって」

倉橋は言ってみたが、

「いや、そりゃねぇな。息子の椽も『それだけはねぇ』っつってたからなぁ」

即座に返ってきたのはそんな言葉だった。

「ちょっとはそんな美談を期待したい時期は俺にもあったけどな。まあ、それ以外のエピソードから総合するに、あれはただの遊び人、遊び鳥だ。その上、まだまだお盛んらしくて、収まってねぇから最近になって淡雪がここへ持ち込まれたんだしな」

藍炭がため息交じりに言う。

「持ち込まれた？　腹違いの弟だってことは聞いてるけど……、淡雪ちゃんは、この領地内の他の鳥さんとの間に生まれたってわけじゃないのかな？」

戻ってきた時に領地内の他の鳥と関係を持ち、またふらりと出かけてしまってから卵ができたのが分かったとかそういう感じかなと思っていたのだが、どうやら違うらしい。

「いや、ちょっと離れた領地の鳥が産んだ卵だ。その領地の鳥から『この領地のアイズミって鳥とうちの領地の鳥との間にできたんだが、妖力持ちらしく、孵らねぇ。悪いがもうこれ以上面倒は見切れねぇんで、あとはアイズミに頼みたい』っつって連絡がきた。おかげで最初は名前を継いだ俺が疑われたんだぞ」

「ああ……名前…」

藍炭は、藍墨から名前を引き継いだと椽が話していた。

とはいえ、見習うような相手ではなかったので漢字を『墨』ではなく『炭』に変えたとも言っていたが、音読してしまえば一緒だ。

「俺もそれなりに浮き名を流してきたとはいえ、惚れた相手が身ごもってんのに、どっかに行くような真似はしねえし、そもそも俺は添い遂げ系男子だからな。普通の奴らより寿命が長い分、きちんと看取ってやるのが礼儀だと思ってる」

藍炭が言うのに、倉橋は感心したように息を吐いた。

「すごくきちんとした倫理感を持ってるんだね」

「普通だ、普通。で、俺のそういうところは他の連中も知ってるから多分、椽の親父のほうだろうってことで、引き取って育ててるっつーか、雛に孵るまでが長かったな。引き取ってから五年、卵のまんまだった」

「五年も？」

驚いて問い返した倉橋に藍炭は頷く。

「引き取る前からも入れりゃ、もうちょい長いだろうな。その間、交代で温めてたんだが……正直その頃が懐かしい……夜泣きも、いたずらも無縁の日々だったからな……」

無体を働かれたことのある藍炭は、きっと人間の姿をしていたら哀愁を漂わせた表情を見せていたに違いないと思える声音で呟いた。

「まあ、でも、いずれは卵から孵るんだし……っていうか、孵った時は……烏の雛？　それとも今みたいに……？」

倉橋は淡雪が人の赤子の姿をしている時しか知らない。

橡たちの正体に気づいていなかったときは、淡雪が不意に雛に戻ったりしないように術で姿を保たせていたらしい。

「雛だった。けど、すぐに人の赤子に変化し始めて……普通、妖力持ちでもそんなことは滅多にねぇんだ。橡にしても物心つくまではずっと鳥の姿のままだったからな。けどこいつはそんだけの妖力を持ってんのか、何か分かんねぇが、赤子の姿のことが多いな」

藍炭はそう言ったあと「俺たちにとっちゃ、嫌がらせにしか思えねぇが」と笑う。

倉橋も笑ったが、少ししてから、

「もしかしたら、身近にいる橡さんが人の姿をしていることが多いからなのかもしれないね。よく、鶏《にわとり》の雛なんかは、最初に見た自分より大きな動くものを親だと思い込んで後追いするって言うから……」

そう言って、淡雪を見る。

淡雪は無心で、伽羅からもらったにぎって遊ぶ『にぎりんマスコット』というおもちゃを、にぎにぎにぎにぎとにぎって遊んでいた。

「本当にそうしてると、ただただ可愛いんだがなぁ……。倉橋さん、あんたいっそここに住む気はねぇか？」

藍炭は、対淡雪の強力兵器としての「倉橋常時投入」を打診してみた。

その言葉に、倉橋は苦笑する。

「うーん、ちょっとそれはね」

言葉を濁した倉橋に、まあこんな廃墟じゃ仕方がないかと藍炭は諦める。

いくら橡と恋仲になったとはいえ、普通の人間の感覚でならたびたび訪れたくなるような場所でもないだろうに、橡に会いに——というよりは、おそらく淡雪の子守のために——来てくれているだけでも感謝しなければならない。

——あまり多くを望んでもいかんな。

藍炭が自戒した時、

「通勤が、かなり不便になっちゃうんだよね。それに、来るたび伽羅さんにお世話になってるから……それもちょっと心苦しくて」

倉橋はそんなことを言った。

「通勤……」

「うん。今、ここに来るのも香坂《こうさか》の家までは車で、香坂の家の庭から伽羅さんが作ってくれる『場』を使って伽羅さんの祠まで連れてきてもらうだろう？　祠から歩いてここまでの時間を考えると、今の家から三十分近くかかるんだ。俺は救命救急医だから、呼び出しがあればすぐに向かうことになる。それを考えると、今までよりも三十分余計に時間がかかるってなると、いろいろ問題があるから」

極めて現実的な理由を説明された藍炭は、

――問題はそこか？　普通、廃墟そのものに抵抗があるのが普通だろ？

そう思ったが、言葉にはしなかった。

「そうだな、仕事に支障が出るのはマズいな」

無難な言葉をひねり出した藍炭だが、

――橡、おまえ、えらい相手を好きになったもんだな……。

ほんのりそんなことを思ったのだった。

2

恋人が家に訪ねてきてくれているその頃、椽は何をしているのかといえば領内の見回りに出ていた。

本当は倉橋と一緒にいたいのだが、領内の見回りは大事な仕事だ。

それに赤子姿の淡雪が一緒の場合、人の姿での見回りになり、そうなるとやたらと時間がかかるし、小回りも利かなくなる。

一人で見回るなら、烏の姿ですませられるので早く終わる上に細かい部分まで見ることができるのだ。

だが、何より、淡雪が昼間、昼寝もいたずらもせずご機嫌で過ごしてくれていると、夜が本当に楽なのだ。

今、倉橋はいつも使っている道が通行止めのままになっている関係で、休日の緊急呼び出しからは外されている。

呼び出されても、大回りで向かわねばならないため、到着がかなり遅れるからだ。

そのかわり、二日間泊まり込み勤務のあと、一日休暇を取る、という形の勤務体制になっていて、そんな貴重な一日を使って来てくれているのだ。

もちろん、倉橋にもしておかなければならない日々の仕事があるので、毎回というわけではないのだが、よく来てくれている。

――夜になって淡雪が寝たら、そのあと、ゆっくり話せるしな……。

恋仲になってしばらく経つが、二人の仲はあまり進展していない。

そもそも、自分の感情に気づくまでに橡自身、かなり時間がかかった。

倉橋は橡のことを気にかけてくれていたとは思っているが、それはあくまでも「年若くして異母弟を育てている、複雑な家庭の事情を持つ青年」の今後を思いやってのことで、そういう対象として認識していたわけではなかっただろう。

だが、橡の告白――無論、伽羅の策略に因るところだが――を受けて、そういう意味合いで考え始めた矢先に崩落事故に遭い、そして、橡の正体バレ……といろいろなことが怒涛のようにあった。

そんな中で、倉橋が橡の気持ちを受け入れてくれ、交際開始になったのだが、あまりに性急だという感じが否めない。

もちろん、橡に否やがあるわけではなく、むしろどういう形であれ、恋仲になれたことは嬉しいのだが、あまりにいろいろありすぎた結果のことだ。

倉橋の気持ちを疑っているわけではないにしても、なし崩しのようにことを進めるのにやや抵抗を感じる。

――体だけの関係っつーのとは話が違うしな。

チャンスは、最初にあった。

あの時に、本能のおもむくままに貪ってしまえば、今はまた違っていたかもしれないとは思う。

しかし、あの状況で倉橋の様子を見て感じたのは、それよりも「大事にしたい」という感情のほうだった。

人間は、自分たちよりも脆く、そして儚い。

自分たちのような存在を『化け物』と忌んで、遠ざけようとする者が圧倒的に多いし、諍った歴史も過去にはある。

それでも、敵対する気持ちは基本的にはなく、彼らを守るために存在しているのだと先代から聞かされて育った。

それは、守る集落がなくなった今でも同じだ。

だからこそ、倉橋を大事にしたいと思う。

――つーのは、まあ綺麗事《きれいごと》だよな。

椽は胸のうちで自嘲《じちょう》する。

もちろん、大事にしたいという感情があるのは確かだ。

だがそれ以上に、あの時の倉橋を見て感じたのは「可愛すぎてヤバい」だった。

抱かないのかと吹っかけてきて、あまつさえ自分でローションまで準備してきて。

ヘタをしたら上に乗っかってきそうな勢いだったというのに、恥ずかしさに指を震わせて。

――アレはマジでヤバかった……。

それまで椽は戸惑っていたのだが「据え膳食わぬは男の恥」と、チャンスを逃さずおいしくいただこうかという気持ちだった。

実際、倉橋とそういう関係になりたいという願望はあったのだから。

――けど、アレを見ちまったらな……。

可愛すぎて、逆にあそこで逃げかけた据え膳を引き戻して、バリバリ食べてしまいたい衝動に駆られた。

だが、それをしなかったのは一時的な暴走でそうするより、もっと段階を経て進んだほうが、倉橋のいろいろな面を見られると本能的に思ったからだろう。

あの時はそこまで冷静ではなくて、とりあえず「今じゃない」としか思わなかったのだが。

そして実際、判断は間違っていなかったと思う。

あれ以降、倉橋と二人きりになる機会は何度もあった。

基本的に、帰る倉橋を伽羅の祠まで送り、伽羅の『場』を借りて香坂家に送り届けるまでの間であることがほとんどなのだが、そのわずかな時間でも、親密な空気感になることがある。

そんな時に倉橋は、やや挙動不審になるのだ。

本人は気づかれていないつもりだろうと思うのだが、目が泳ぐし、やはりちょっとした表情が違う。

餌《えさ》になる自覚のあるうさぎが、いつ食べられるのだろうかと思っている様子とでもいえばいいのか、それがたまらなく可愛いと思う。

が、それに反して、椽は手を出していない。

せいぜいハグ程度だ。

それでも今は充分満足している。

今は、だが。

◆◇◆

「正直、そういう生殺しな感じってどうかと思うんですけどねー」

数日後、淡雪の離乳食を取りに椽が伽羅の家に来たところ、たまたま伽羅が戻っていて、そこでお茶がてら話をすることになった。

淡雪は伽羅の膝の上に引き取られ、離乳食を食べているが、かなりご機嫌だ。

「そうは言っても、二人きりになる時間はわずかなもんだ。昼間はこいつの目が爛々《らんらん》としてて、あの人を独占してるからな。俺も、その間、安心して仕事に出られるし」

橡の言葉に伽羅は大袈裟なまでにため息をついた。

「はー……、まったく何なんでしょうね。クソ真面目っていうか、心の機微が分かんないっていうか！」

「領内の見回りは大事だろうが。特にうちは、前々から暴れてるアライグマの連中が、ちょっと目を離した隙に騒ぎを起こしやがるから、大変なんだよ。それに、あの人が巻き込まれた事故に関しても、分かんないままってのが薄気味悪ぃし……」

橡が口にした事故の話に、伽羅は真面目な顔になった。

「あれ、本宮のほうでも調べてもらってるんですけど……わからないんですよね。あそこに土地神を派遣してた神族のほうに連絡取ってもらって、戻されたのかどうか聞いてもらったんですけど」

「返事は」

「そっちには戻ってないらしいんです。けど、集落から人が消えて、祀る人がいなくなったあと自然消滅しちゃうことって多いじゃないですか。集落が衰退していく過程で、かなり力を落としてたってことは事実らしくて……」

新たに集落が作られた際、神社や祠を造ってその土地を守る神を勧請《かんじょう》し、土地神として祀ることが多くあった。

勧請された神はその土地の生きるものすべてを育む。

だが、抗いがたい時代の流れで集落から人が消えたあと、それらの神々は忘れさられ、力を失い、自然と消えることも多いのだ。

勧請される前の神族に戻ることができればいいのだが、それには契約の解除が必要になる。

その土地を守るという契約を交わせば、勧請された神はそこから離れることができないのだ。

無論、琥珀や伽羅が本宮に行ったりすることが可能なように、一時的に大本の神族の許に行くことはできる。

だがそれとて、勧請された土地に一定の力を残すことができてこその話だ。

多くの尻尾を失ったあと、琥珀が本宮を訪れることができなかったのは、その力がもはやなかったからだし、秋《あき》の波《は》が助けを求めるために戻ることができなかったのもそのためだ。

「契約の解除には、最初に契約を交わした人間の血筋の者が必要になりますからね。子孫を残さなかった場合、それが不可能ですし……見つけることができたとして、説得するのも困難ですから」

「そりゃそうだろうな。ある日いきなり、神様の使いを名乗る奴が、おまえの祖先が勧請した神との契約解除のために来てほしい、なんて言ったら、怪しさ爆発だ」

「一応、夢枕に立ったりして、自分の先祖のことを調べるように仕向けたりするんですけど……なかなか実行に移してくれる人って少ないんですよね」

大抵の場合、ただの夢、として片づけられてしまう。

繰り返し夢枕に立っても気にしない性格の者であればまったく気にしないのだ。

「なんで、人の協力なしでも安全にその土地から切り離せる術っていうのを琥珀殿が本宮から依頼されて作ってたんですけど……血縁者がいない場合はなんとかなっても、血縁者がいるとうまくいかないっていうか、無理に切り離すと血縁者に影響出ちゃうんでできない感じで」

野狐《やこ》化までいってしまった場合は、そのほうが血縁者に悪影響が出るので問答無用で切り離すのだが、その術とて使い手を選ぶ。

それほどに難しい問題なのだ。

「あそこの集落の土地神は、自然消滅してたってことか」

「神族の元に戻ってないってことはその可能性が高いんですけど……橡殿は、あそこに土地神がいたって感覚があったっておっしゃってたじゃないですか」

伽羅が琥珀たちと集落跡に行った時には、土地神の気配はもうなかった。

琥珀の領地と例の集落跡は「隣り合う」と言っても境界が接している部分があるという程度のことで、気脈の流れとしてあちらからこちらに流れるものがない。

そのため、琥珀は今回の件があるまであの集落の土地神の気配というものを気にしたことがなかった。

それに対して橡の領地は、先代の時代に領土が広げられた結果、あの集落と隣り合う部分がかなり多くある。

というよりも、元はあの集落の土地神の領地だった部分を分捕ったので、橡の領地とは言っても、土地神の気配というものが濃く、支配権が移ったとはいっても、気の流れなどがすぐ変わるわけでもない。

そのため、橡のほうが先に今回の異変に気づいたのだ。

「ああ、直接あの土地に入るまでは、土地神が残ってると思ってた」

「そこが引っかかるんですよね……。残留してた力が橡殿にそう思わせてたって可能性もあるんですけど……」

「あれだけ綺麗に消えるものかって疑念は俺にもある」

言い淀んだ伽羅に代わり、橡が言い、それに伽羅も頷いた。

「そうなんですよね。正直、それが引っかかって……。それにあの事故自体、なんで起きたのかってことも謎でっていうか、意図的に起きたってことだけは確信できてるんですけど、目的が分かんないのが気持ち悪くて」

「あの規模の崩落事故で、巻き込まれたのが倉橋さんだけだってのも、俺は引っかかってた。もしかしたら、あの人が標的にされたのかと思ってたんだが……そのあと付け狙うような気配はねぇ。もちろん、今のところはって話だが」

橡は懸念を口にする。それに伽羅は聞いた。

「……倉橋先生に『守り』はつけてるんですよね？」

「ああ。一応了解を取って、つけてる」

倉橋が椽のところに初めてやってきたあの夜というか、帰る朝、椽は例の事故の標的が倉橋かもしれない可能性について告げ、何か異変があればすぐに気づくことができるように「守り」をつけさせてくれと頼んだ。

それに対する倉橋の返事は、

『それって、俺のプライベートを全部覗き見できる、みたいな感じなのかな？』

というものだった。

『え？』

戸惑って聞き直した椽に、倉橋が言ったのは、

『だから、俺の着替えとか、風呂とか、そういうの見たい放題になっちゃう感じなのかなって。まあ、別に男同士だから見られてまずいものは別にないっていえばないんだけど、トイレとかは遠慮してほしいかなと思って』

という、盗撮盗聴を警戒するような言葉だった。

その懸念は無理もないと思う。

無理もないと思うが、

――あんた、命狙われてるかもしれねぇんだぞ……。

喉まで出かかった言葉を橡は必死で押し殺し、

『いや、そういったものじゃない。あんたの気配に乱れがあったり、俺が知らないこっち関係のヤツの気配があんたに近づいたら分かるって感じのもんだ』

そう説明する。

『ああ、そうなんだ。いいよ、お願いする。そのほうが俺も安心していられるからね』

倉橋はあっさりと了承してくれ、守りをつけているのだが今のところ変わったことは何も起きていない。

その点では安心できているのだが、

「正直、本気であの人のメンタルがどうなってんのか、悩むことがある」

ことの次第を説明したあとに呟いた橡に、伽羅はどこか諦めたように笑った。

「無理もないですよー。だって、あの涼聖殿の先輩ですよー?」

「その言葉で納得すんのもどうかと思うけど、納得だよな……。あの二人、動じなさすぎっていうか……」

「二人も救命救急医でしたからねー。目の前で起きている状況がたとえ信じられないような状況だとしても、とにかく対応するってことに慣れてるみたいで。まだ、龍神《りゅうじん》殿とはお会いになってないんですけど、シロちゃんとは二度目に会った時に、もう普通に存在を受け入れておしゃべりしてましたからね。この前なんか『シロくんに丁度いいかと思って』って、ミニチュアのおもちゃを持ってきてましたよ」

「普通、もうちょっと動じるとかありそうなもんなんだけどな」

「動じてたら、椽殿と会わずに、東京に戻っちゃってたんじゃないですかー？」

冷静な伽羅の言葉に、それもそうか、と椽は頷く。

「まあ、その動じない性格のおかげで淡雪ちゃんはご機嫌さんですよねー。さあ、こっちの柔らかハンバーグはどうでしょうねー。食べられますかー？」

伽羅は言いながら、肉だねの中に、淡雪が苦手としているピーマンを少し混ぜ込んだ、和風あんかけハンバーグを口に運ぶ。

淡雪は一瞬「ん？」というような様子を見せたが、ふわふわやわやわの食感のハンバーグは噛むと確かにピーマンの苦味が多少混ざるものの、それ以上に肉の味がしっかりと出てくるため、すぐに気にならなくなった様子で、満足そうに咀嚼《そしゃく》する。

その様子に伽羅は密かに胸のうちでガッツポーズを作った。

好き嫌いのない子に育てたい、というのは、どの親でも持つ願いだろう。

もっとも伽羅は親ではないのだが、面倒を見ている関係上、食育に関してはおそらく椽よりも親心いっぱいである。

「本当に何でも食べるいい子ですねー」

伽羅はそう言って淡雪の頭を撫《な》でる。

何に対してかは分からずとも『褒められている』ことがちゃんと理解できている淡雪は、にこにこ笑顔だ。

「他の方面でもいい子になって、多少の不機嫌くらいで泣きわめくのをやめてくれりゃ助かるんだがな……。何がこいつの不機嫌スイッチか未だによく分かんねぇ……」

どうやら、昨夜は不機嫌スイッチが入って夜泣き大会だった様子だ。

「時間があるなら、寝ていきますかー？　来客用の布団がないんで、俺のになりますけど、シーツは洗い替えがありますし」

伽羅の申し出に橡は頭を横に振った。

「いや、いつもほどじゃねぇから大丈夫だ。だが、このあと、ちょっとこいつを預かってもらえるとありがたい」

「いいですよー」

よくあることなので伽羅は気軽に請け合う。

「悪ぃな。その間に、ひと仕事すませてくる」

橡はそう言うと、茶を飲み干して立ち上がった。

「仕事終わったら、涼聖殿の家に迎えに来てください。俺、淡雪ちゃんのご飯すんだらそっちに戻るんで、淡雪ちゃんと一緒に戻ってます」

淡雪に食事を続けさせながら伽羅が言うと、橡は「ああ」とだけ言って出かけて行った。

「さて、淡雪ちゃん、二人きりですねー。もう少しご飯食べますか？　それともそろそろデザートがいいですかねー？」

伽羅の問いかけに淡雪は、目を輝かせる。

「お、デザートがいいですか？　じゃあ、これを全部食べたら準備しましょうねー」

伽羅はそう言って、残っていた離乳食を淡雪の口に運ぶ。

――今度は、もう少しピーマンの割合を増やしてみましょうかね……。

ピーマンの味に慣れたのか、まったく気にならない様子でハンバーグに食い付く淡雪を見ながら、伽羅は次の離乳食についての構想を練り始めるのだった。

◆◇◆

恋仲になった橡と倉橋だが、実は二人は普段、直接連絡を取り合うことが難しいというか、実質できないでいる。

理由は、橡が携帯電話を持っていないからだ。

というか、持っていたとしても橡の領地は携帯電話の電波が圏外だ。

携帯電話の繋がる限界は伽羅の祠の手前までなのだ。

そのため、倉橋から椽への連絡は伽羅を介して行われている。

倉橋が椽のところに行くには、伽羅の「場」を借りるため、どちらにせよ伽羅に連絡を入れねばならないので、特に問題はない。

問題はないのだが、

――本当にいいんですかねー、あの二人……。

中継地点になる伽羅は、倉橋からきた椽の予定を尋ねるメールを見ながら首を傾げる。

別に、中継地点になるのが嫌なわけではないのだ。

それぞれの事情を考えれば、それくらいのことはどうという手間でもないので、まったくかまわないのだが、あの二人的に自分を挟む、という状況は果たしていいのだろうかと、そこが疑問なのだ。

何しろ、伽羅を間に挟むということは、あらゆる文面が筒抜けになるということだ。

――普通、恋愛初期段階って、甘い言葉の応酬とかでウキウキしたりするもんだと思うんですよねー。

そう思うのだが、筒抜けになるためか倉橋からの文面はいつ誰に見られても問題のない明快電報文だ。

例えば今日きたメールは、

『次の休みに出かけたいと思う。椽さんの予定はどうだろうか』

という文章に、休みの日が記されているだけのものだ。

その文章を伽羅はそのまま紙に書きつけると、術で一羽のハトを作りだし、そのハトの足にリボンのように括りつける。

「椽殿に届けてくださいねー。見つからなければおうちのほうに」

伽羅の言葉にハトは頷くと、縁側まで歩み出てそこから羽ばたいていった。

あとはハトが返事を持って戻ってくるなり、または直接返事をしに、本人なり使いなりが来るのを待てばいいだけなので、伽羅はいつもの家事に専念する。

椽から返事がきたのは、午前中の家事が終わり、縁側に腰をかけて一息ついていた時だ。

使いに出したハトが戻ってきて、綺麗に縁側に着地をすると、

『予定は問題ないと伝えてくれ』

口を開き、椽の伝言をそのまま伝える。

「はいはい。お疲れ様」

伽羅がそう言って一つ小さく手を叩くとハトはシャボン玉が消えるように姿を消した。

そして椽からの返事を伽羅は携帯電話で倉橋に伝える。

仕事で忙しいのか、返事があったのは二時間以上すぎてからだ。

香坂家に集合する時間が書かれていて、伽羅は再びハトを出して椽に連絡をする。

そしてハトを送りだしてから気づいた。

「あれ？　外にお出かけって、あの二人初めてのことじゃないですかね？」

もしかしたら淡雪が一緒の可能性もあるが、とにかく「お出かけ」は初めてのはずだ。

「え、これってデートじゃないですか！」

橡の恋愛についてやきもきしてきた伽羅は、自分のことのようにときめく。

「わぁ、デートとか！　進歩しましたね、橡殿……！」

恋仲になっても相変わらず、三歩進んで三歩下がるような勢いというか牛歩戦術というか、とにかく進展のない二人だ。

もし、淡雪をこちらで預かるということになれば、そのまま街でいい感じに、という可能性も充分ある。

「男性同士で入っても大丈夫なその手のホテルって確かあるんですよね……」

橡の家でというのは、廃墟的な問題ではばかられる――実際には気にしていない様子だが、伽羅的には初めての場所がそれってどうなの？　と思うのだ――だろうし、かといって後藤《ごとう》の家に間借りしている倉橋のところでというのも無理だろう。

もちろん、同じ理由でこの家の客間というのも、もしかしたら倉橋あたりは、

『どうせ香坂にも琥珀さんにもバレてるからね』

と開き直りそうだが、意外とナイーブそうな橡が嫌がるだろう。

そういうわけで、落ち着いて二人きりになれる場所となると、外に求めるしかない。

「ここは気を回して俺が検索するべきですかね？　いや、でも、倉橋先生がその気ならもう調べはついてるはずだし……」

いろいろ気を回してしまう伽羅は、しばらくの間、ニヤニヤしながら悩んだのだった。

3

倉橋の休みの日がきた。

待ち合わせは午前十時に香坂家でということになっていて、約束時刻の十五分ほど前に倉橋はやってきた。

「倉橋先生おはようございます、くらはしどの」

「おはようございまーす」

縁側に姿を見せた倉橋に、伽羅とシロが迎え出て挨拶する。

今日は平日で、すでに涼聖たちは診療所に行ってしまっているので、出迎えたのは二人だけだ。

「おはよう、伽羅さん、シロくん。あ、シロくん、これお土産」

倉橋がそう言って出したのは、透明なジッパー袋に様々なお菓子が詰め合わせされたものだった。

「倉橋先生がこういうお菓子って、意外な気がしますね」

シロに代わって受け取った伽羅が言う。

中には、いろいろな会社から出ているものがランダムに入っていた。

倉橋がどこかに出かけた土産としてお菓子を買ってきてくれたことは何度かあるが、こういった市販菓子の詰め合わせのようなものは意外な気がした。

普段、倉橋がそういうものを買うイメージがないからだ。

「医局でいろいろもらうんだけど、俺はあまり食べないから溜まっちゃってね。今回はお土産系もいろいろあるよ。遅れて夏休みを取った看護師が多くいたから」

倉橋の言葉に袋の中を見てみると、地方の銘菓のようなものも入っていた。

「ああ、そうだったんですねー」

「ありがとうございます、くらはしどの。はるどのと、わけてたべます」

シロが礼を言うと、

「シロくんはいい子だね。俺が言う前に、陽くんと分けるって」

倉橋は目を細めて言い、そっとシロの頭を指先でちょんちょんと撫でる。

「はるどのも、いただいたおかしは、かならずわれとわけてくれるのです」

シロは褒められたのが嬉しいのと、少し気恥ずかしいのとで、はにかみながら返す。

「うちの子たち本当にいい子ばっかりでしょー？」

伽羅は、多少自慢げに言いながら庭に出て、縁側のシロを手に載せるといつも陽がしているように自分の肩に座らせる。

「ああ、本当に。淡雪ちゃんも早くその列に並んでくれれば、橡さんがもう少し楽になると思うんだけど、なかなか難しそうだね」

倉橋の口から淡雪の名前が出たので、伽羅はチャンスとばかりに聞いた。

「今日のお出かけ、淡雪ちゃんも一緒ですかー？　もし、あれだったらうちでお預かりしておきますけど」

二人きりでのデートを考えているのなら、もしかしたら倉橋は言い出しづらいかもしれないと思い、気を回して言ってみる。

しかし、倉橋から返ってきたのは、

「ありがとう。でも、今日のメインは淡雪ちゃんだから」

という、意外な言葉だった。

その詳細を聞こうとした時、遠くのほうから耳慣れた号泣サイレンが聞こえてきて、倉橋と伽羅、そしてシロは顔を見合わせて苦笑いする。

ほどなく、裏庭から号泣する淡雪を抱いた橡がやってきて姿を見せた。

「悪ぃ、出がけにグズり始めやがった」

渋い顔をする橡の腕に抱かれた淡雪は未だ号泣モードだったのだが、

「淡雪ちゃん、どうしたのかな？」

倉橋が声をかけると、すぐに泣きやむといった様子ではなかったものの、泣き方が甘えるような声に変わり、倉橋に手を伸ばした。

それに応えて倉橋はすぐに淡雪を抱きとる。

「出がけに、他の烏にちょっかいかけようとしてたんで、引き離したんだ。そしたら途端に号泣だ……。おまえが悪いんだろうが」

毎度のことではあるのだが、椽はややうんざり、といった様子で言う。

それに抗議するように淡雪はまた泣き声を大きくした。

伽羅の肩に座っていたシロはふむふむと頷いてから、

「あわゆきどのは、ほかのからすどのをなでてあげようとしたようです。それをとがめられたので、こうぎしている、と」

号泣中の淡雪と意思疎通を図ったらしく、シロが説明する。

「そうだったのかい？」

倉橋は言いながら淡雪を宥めるように軽く揺らす。

ふえぇ、ふえぇ、と泣きながらも、大好きな倉橋に抱っこされているので、少しずつ泣き方が大人しくなる。

「こいつ、力加減がめちゃくちゃだからな。撫でると殴るがほぼ同じ強さだ……。しかも撫でる時に摑みやがるから、結局羽が抜けるんだよ」

椽とてきちんと理由があるのでそう告げるが、言い訳じみて聞こえただろうなと、言ってから後悔する。

だが倉橋は、

「赤ちゃんの手足を動かす力って思いのほか強いからね。人間同士でもそう思うんだから、相手が烏だと、体のサイズ的に向こうは痛いだろうね」

橡の言い分を理解したように言う。

「淡雪ちゃんが、力加減を覚えるまでは、ちょっと警戒かな。赤ちゃんには、意外と難しいんだよね、なんでもギュッと摑んじゃうから」

倉橋の言葉に伽羅は納得したように頷いた。

「にぎりんマスコットも、わりとヘタってきてますもんねー」

陽が成沢に会いに東京に行った時に買ってきたものだが、握るだけでは飽き足らず、口に入れたりもされて、もうすでに「何年もの」といった感じの様子になりつつある。

「あれはかなりお気に入りで、ずっと触ってるからっていうのもあると思うよ」

今も淡雪の手にはにぎりんマスコットがしっかりと握られているのだ。

「こんなに気に入ってもらえるんなら、洗い替えとさらにスペアも買っておくんでした」

淡雪がご機嫌で昼寝をしている時に丁寧に洗っているのだが、やはりヘタっている感じは否めない。

「まったく同じのは無理かもしれないけど、似たようなものなら売ってると思うから、今日見てくるよ」

倉橋はそう言って橡を見た。

「じゃあ、櫞さん、行こうか」

「ああ」

返事をした櫞と、そして伽羅とシロも車に歩み寄る倉橋のあとをついていったが、伽羅はあることに気づいた。

「あ、倉橋先生、淡雪ちゃんを連れていくならチャイルドシートがいるんじゃ……」

幼児を乗せる時にはチャイルドシートが義務付けられている。

涼聖の車にも、陽を乗せるためのチャイルドシートがちゃんと付けられているし、東京で成沢と会った時には、成沢がチャイルドシートをレンタルして装着してくれていた。

だが、普段子供を乗せる機会が滅多にない倉橋はそのことを失念していたとしても無理はないと思っていたのだが、

「ああ、大丈夫だよ。ちゃんと取りつけてきたから」

倉橋はそう言うと、後部座席のドアを開けた。

そこには赤ちゃん用のチャイルドシートがきちんと取りつけられていた。

しかもそれだけではない。

「すごいです……モンスーンでいっぱいです……」

チャイルドシートを見たシロは感動した様子で呟いた。

その呟き通り、チャイルドシートは陽やシロ、そして淡雪も大好きなアニメ「魔法少年モンス

ーン」のたくさんのキャラグッズで飾られていた。

「フード付きなんですね、このシート」

覗き込んだ伽羅が、初めて見た、といった様子で言う。

「ああ。淡雪ちゃんに紫外線は大敵だからね。一応、この車のガラスは全部UVカットなんだけど、涼しくなったら窓を開けて走ったりもするから、フードは必須かと思ってね」

倉橋が説明するが、そのフードにもまるでシャンデリアのようにキャラクターグッズが下がっている。

「こういう『モンスーンモデル』的なの、売ってるわけじゃないですよね？」

確認するように伽羅は問う。

「うん。普通のチャイルドシートを買って、あとはオークションでグッズを手に入れられたから、それで飾ってる。人気アニメだからちょっと前のグッズ類って、びっくりするほど安く譲ってくれる人が多いね」

大したことじゃない、という様子で倉橋は言うが、ものすごい淡雪への愛情を感じて伽羅とシロは感動した。

そしてその愛を一身に受けた淡雪は、特別席とも言えるチャイルドシートに座ると、テンション爆上がり状態だった。

「あわゆきどの、ごきげんです……」

シロが微笑ましそうに言うのに、伽羅も頷く。

「そうですねー。シロちゃんの部屋も、またモンスーン仕様にしましょうか？　この前の新しい映画のシールとか使って」

シロの部屋――陽の部屋にあるカラーボックスの一段がシロの私室だ――の家具を作ったり装飾をしたりしている伽羅が提案する。

「はい！」

嬉しそうに頷くシロに、伽羅は『ほんと、うちの子みんな素直で可愛い』と改めて思った。

ご機嫌な淡雪をしっかりチャイルドシートに固定すると、後部座席のドアを閉め、

「じゃあ、行こうか。助手席に乗って」

倉橋が声をかけると、橡は頷いて助手席を開け、座った。

「伽羅さん、シロくん、行ってくるね。ついでに買ってくるものある？」

倉橋は運転席に向かいながら聞いた。

「あー、今のところ大丈夫です。もし、思いついたら携帯に連絡入れます」

「分かった」

軽く返事をして、倉橋は運転席に座る。

「いってらっしゃい、気をつけて」

「おきをつけて」

伽羅とシロの見送りを受け、倉橋の車は椽と淡雪を乗せて香坂家の前の坂道を下っていった。

その車内では、

「ちょっと音楽かけていいかな」

倉橋がオーディオを操作しながら言った。

「ああ」

椽が返事をすると間もなく聞こえてきたのは、陽気な明るい音楽——モンスーンのオープニングソングだった。

「チャイルドシートを嫌がる子も多いっていうから、もし淡雪ちゃんのご機嫌が悪かった時のためにと思って歴代のオープニングとエンディング、それから挿入歌を集めてみたんだ」

倉橋は言いながら、バックミラーで後部座席の淡雪の様子を見る。

手や足がご機嫌に動いていて、「あーぅ、うあーあ」と歌詞らしきものを口ずさんでいるので、テンションは高いままのようだ。

「いろいろ、悪《わり》ぃ。チャイルドシートとかそういうのも、結構値段高ぇんだろ？　無駄な金遣わせてる」

だが、椽は謝ってきて、その言葉に倉橋は眉根を寄せた。

「そういうの、ナシにしないかな」

「え？」

「お金のこととか、変に気を遣われると、居心地悪いからね」

倉橋はそう言ったが、実際問題として淡雪に関したことで無駄に出費をさせてるのは事実で、気にしないわけにはいかない。

「そういうわけにもいかねぇだろ。淡雪は俺の弟だ。弟の世話を見んのは、親がいない以上は俺の役目だ」

「うん、淡雪ちゃんは橡さんの弟だね。じゃあ、俺は橡さんの何？」

「何って……」

「恋人のつもりなんだけど？　その認識で間違ってないよね？」

堂々と照れもせずに言ってくる倉橋に、橡は『あ、鉄メンタル』と思いながら頷く。

「じゃあ、俺にとって淡雪ちゃんは大事な恋人の弟ってことになる。その子を可愛がりたくなるのは当然だろう？　健康を害さないようにだったり、安全であるためにだったり必要なものを備えるのは当然のことだ」

「そうは言うけどな……」

「そもそも、今、淡雪ちゃんのために揃えたものは、本来淡雪ちゃんには必要のないものだ」

反論しようとする橡の言葉を制するように倉橋は言い、そして続ける。

「琥珀さんや伽羅さんたちから聞いたけど、本来橡さんたちは、俺たち人間とは深く関わらないっていうのが決まり事なんだろう？」

「ああ」

「食事も基本的に必要としないし、必要なものは全部山で手に入るんだよね？」

椽たちのような存在は「愉しむ」ために食べることはあっても、生きていくために食べなければならないわけではない。

だから「生活に困る」ということは基本的にないのだ。

もちろん、淡雪が人の姿でいる時に必要なおむつだのなんだのを買わねばならないが、それは烏たちが人界で集めてくる金属類――時々、ガチの硬貨を拾ってくる奴もいるのだが――を売った金で調達できる範囲のものだ。

「今、必要になってるものは、俺と関わってるから、だろう？　人の世界に連れ出すには人の世界のルールに則ったものが必要になる。だったらそれは俺が出すべきものだ。淡雪ちゃんを買い物に連れていきたいとか、気飾らせたいとか、そういうのは俺の欲から来てるからね」

だから、俺の趣味でしてることなんだよ、と倉橋は笑う。

「そう言ってもらえんのはありがてぇが……」

「ありがたいなら、それ以上ガタガタ言うのはやめてもらおうかな」

信号待ちで止めた車の中で、椽を見てにっこりと笑って言う倉橋だが、その笑顔が物騒なのはなぜなんだろうかと思う。

「……分かった。ありがとう」

「それでよろしい。一応、今日の予定だけど、着いたらまず昼食、それからぶらぶら買い物をして、淡雪ちゃんのご機嫌がもつようなら夕食まですませて帰るつもりでいるから、よろしくね」

きっちり今日の予定まで告げられて、椽はただ頷いた。

後ろのチャイルドシートの淡雪はご機嫌が持続中らしく、歌に合わせて相変わらず意味不明な声を上げていた。

◆◇◆

倉橋が向かったのは、涼聖たちが買い出しに来るショッピングモールだった。

未だ通行止めが続いているので、買い物となるとここが一番近い。

予定通り到着して最初に向かったのは食事をする店だ。事前に倉橋がリサーチしていたらしく、入ったのは子供連れの客がメイン層の店だ。

「お決まりになりましたら、こちらのベルでお知らせください」

メニューや水、おしぼりを持ってきた店員がそう言って席から離れていく。

店内にはソファー席と小上がりになった畳席があるのだが、洋風な店内の雰囲気を壊さないようにという配慮で、クッション性のある縁なしのカラー畳が使われていた。

倉橋が選んだのは、その畳席だ。

淡雪のことを考えると、ソファーや椅子などの席だと滑り落ちる危険があるからだ。

畳席で胡坐をかいた倉橋の足の間に淡雪は鎮座し、その向かいには同じく胡坐をかいた椽がいる。

「好きなもの頼んで。食べなくて平気とかいうのなしだからね」

空気読んでちゃんと注文してよ、と笑いながら言う倉橋は、メニューを開いて淡雪と一緒に見る。

子供向けメニューも豊富で、離乳食というほどではないにしても淡雪でも食べられそうなものもいろいろあった。

「淡雪ちゃん、ぞうすい食べようか。それから、ふわふわまろやか豆腐、あとはスイートポテトのサラダもおいしそうだね」

子供向けのページを開き、指をさしながら一応、淡雪の様子を窺う。

だが、淡雪は初めての、「知らない人間がいっぱいいる外の世界」に興味津々といった様子だ。

「いろいろ気になるものがたくさんあるね、淡雪ちゃん」

笑いながら声をかけた倉橋は、そのまま視線を椽へと向ける。

「椽さんは、何にするか決まった?」

「……ああ。茄子《なす》とベーコンのパスタ」

「それだけ？　サイドメニューは？」

「いや、別に」

「ダイエット中？　俺、ステーキセットも食べたいし、ピザも食べたいんだけど」

「……頼めばいいんじゃないか？」

倉橋が淡雪のために注文しようとしている食事をざっと計算し、自分の財布に入れている金額を計算した結果、このあとお茶やもしかしたら夕食も、というのだから、パスタくらいにしておいたほうがいいなと判断したので、椽はパスタだけにしたのだが、まさか倉橋の分まで支払うことにはならないだろう。

ならば、好きに注文すればいいんじゃないかと思って言ったのだが、

「そうじゃなくて、どっちも食べたいけど、残したらもったいないから、もし残しそうなら食べてもらえるよねって意味なんだけど」

意思疎通がいまいちうまくいかず、倉橋からはそんな言葉が戻ってきた。

「ああ、食える」

「よかった。じゃあ、遠慮なく」

倉橋はそう言うと、ベルボタンを押した。

そして注文したのだが、それ以外にも飲み物が三人分追加され――淡雪の麦茶と、倉橋と椽の分だろうウーロン茶だ――さらには、デザートにシャーベットとパンケーキも追加された。

「あんた……よく食うな」

「そう？　普段、病院だと粗食だからね。わりとその反動でちゃんと食べられる時は、いろいろ注文しちゃう傾向はあるかな」

「粗食って、何食ってんだ？」

「うーん、そうだね。一番ハードな時だと『倒れないようになんか食べとけ』って感じで、カロリーバーを常食ってことが多かったかな。ちょっと余裕があれば、サンドイッチとか、総菜パン系。冬場なんかは、どうしても温かいものが欲しくなって、無理かもと思いながらも、インスタントラーメンとか、うどんとか作るんだけど、お湯を注いだ直後に緊急受け入れて、落ち着いた頃には汁を吸いきった冷たい麺って感じもあったなぁ。まあ、それでも食べるんだけど。胃に入っちゃえば一緒だしね」

ケロっとした様子で倉橋は言う。

「わりと壮絶だな」

「でも、今の病院だとそこまでじゃないよ。ラーメン作ってたら他の先生が『食う間は死守する』って言ってくれるレベルの忙しさだから」

「大して違いが分かんねぇ」

苦笑いして返す橡に、

「まあ、運ばれてくる患者さんって命に関わることが多いからね。ラーメンのびるんで待ってくださいとか言えないよ」

と、笑いながら倉橋は返してくるが、

「笑っていい案件かどうか悩むんだが」

橡は渋い顔で返し、倉橋は「確かにね」と言いながらも笑っていた。

そうこうするうちに注文した料理が届き、テーブルの上が一気に華やかになる。

「んーまっ、ま！」

淡雪のテンションも高く、倉橋が口に運ぶものをおいしそうに食べる。

というか「初めてのお出かけ」で、しかも「倉橋が一緒」で、テンションはもうずっと高いままだ。

――藍炭あたりが見たら、感涙モノの光景だな。

そんなことを思いながら橡はパスタを口に運ぶ。

倉橋は淡雪に食べさせつつ、自分のステーキセットも食べていて、橡が途中で淡雪に食べさせるのを代わろうかと聞いたのだが、当の淡雪がぶんぶんと頭を横に振って拒否してくるので、結局最後まで倉橋が淡雪の世話を見ていた。

といっても淡雪は途中で満腹になってごちそうさま状態になったので、大人しく座っているだけになったのだが。

――それにしても、わりとよく食う人なんだな……。

注文をした時、橡は最初、あまり注文しなかった橡を気遣って倉橋が多めに注文したのかと思っていたのだが、違っていた。

ステーキセットを完食し、ピザも半分よりやや多めに食べた。さらにデザートのシャーベットとパンケーキも――このデザートに関しては、淡雪が別腹とばかりに食べたがったので、淡雪も含めて三人で分けたが――半分近く食べた。

その上、淡雪が残したものを橡と二人でシェアしたので、倉橋はかなり食べたと思う。

「あー、満足。ごちそうさまでした」

すべてを食べ終えてから、倉橋は淡雪の手を挟む形で合掌して「ごちそうさま」をする。

「最初注文した時は、本当に全部食えんのかって思ってたけど、食ったな……」

橡が呟くのに、

「え？　普通これくらい食べない？」

不思議そうに倉橋が問う。

「あんたらの『普通』がちょっとわかんねぇ」

基本的に、おなかが空く、という感覚が橡たちにはない。

妖力が不足している状態がそれに近いかもしれないが、山にいれば山の気を常に吸っているので空腹にはならないのだ。

淡雪にしても「味覚を満足させたい」という欲求から食事を求めていると思う。

なので、倉橋の言う「空腹」という感覚が実は分からないのだ。

「なんだかそれだけ聞くとうらやましいね。何も食べなくても仕事に差し支えないってことなんだろう？」

真剣な顔で言う倉橋に、椽は、

「あんた、仕事しすぎだ。ワーカーホリック？　とかいうんだろ」

苦笑いする。

「中毒になるほどじゃないと思ってるよ。でも、集中力が維持できるならうらやましいね。やっぱりおなかが空いてくると、集中力が持続できないから」

まあそのためにブドウ糖を持ち歩いてたりするんだけどね、と倉橋は笑う。

「立派なワーカーホリックだ、それ」

椽の返した言葉に、やっぱり倉橋は笑った。

そんなふうに少しの間、軽い雑談をして店を出たのだが、とりあえず支払いは倉橋に任せた。

そして店を出てから、

「さっきの、俺いくらだ？」

椽が問うと、倉橋は何を言われたのか分からない、といった顔をした。

「え？」

「だから、さっき食った飯の金。俺と淡雪と、あんたと分けた分で、大体いくらくらいだ？　本当は俺が全部出せりゃスマートだってことは分かってんだが」

その椽の言葉に、倉橋は微笑んで頭を横に振った。

「だから、いいんだって。椽さんに必要のない食事を『空気を読んで注文しろ』って言ってるわけだし、今日の買い物自体、俺の自己満足だからね」

「そうは言うけど」

先立つものが潤沢ではないとはいえ、すべてを倉橋に出させるのは気が引ける。

それを椽の表情から見て取ったのか、

「まあ、そのうち体で返してもらうから」

倉橋は言うと、「他にも行きたいお店あるから、行くよ」とスリングに入れた淡雪と一緒に先に歩いていく。

そのあとを椽はすぐに追った。


倉橋が次に向かったのは、ベビー用品の店だった。

「上に着るものは香坂や伽羅さんがいろいろ準備してくれてると思うんだけど、UVカット系の肌着が欲しいんだよね」

そう言いながら商品を見ていく。

淡雪の服は、すべていただきものばかりだ。

最初は涼聖や伽羅が準備してくれていたのだが、最近ではそこに月草《つきくさ》や玉響《たまゆら》も参戦し、おかげで淡雪は結構な衣装持ちである。

もちろん、心苦しくないと言えば嘘《うそ》になるのだが、伽羅いわく、

『買う楽しみ、それを着てもらう楽しみっていうのもあるんですよー』

らしく、特に月草や玉響には着用写真を撮って送っている。

それで二人は満足してくれているようなのだ。

涼聖にしても「似合うと思ったから」で気軽に買ってきて、代金は受け取ってくれない。

受け取ってくれるのは紙おむつ代くらいのものだ。

橡が物心ついた頃には、もう領地内の集落からはどんどん人が減っていて、かまえていた祠に参り、賽銭や供え物をする人は本当に少なくなっていた。

それでも山で暮らす分には何も問題がなかったので、これまで気にしたことはなかったが、淡雪が孵ってからは、いろいろと「先立つもの」、平たく言えば現金収入について思うところがないわけではない。

——日雇いのバイトとか行ってみるか……?

橡がそんなことを思った時、

「何かお探しの商品がございますか?」

店員が近づいてきて、倉橋に声をかけた。

「ええ、ＵＶカットの肌着というか、薄手のカットソーみたいなものでもいいんですけれど、あればと思って。あと、こちらの商品を勧められて、この店で取り扱ってると聞いてきたんですが……」

倉橋はそう言いながら携帯電話を操作し、何かチューブに入ったクリームらしき商品の画像を見せる。

「ああ、ＵＶクリームですね。確かに取り扱っております。では、先にこちらの商品からご案内いたしますね、どうぞ」

店員が案内して先に歩いていくのを倉橋と椽は追う。

「こちらの商品なんですが、無香料タイプと、少し香りの付いたものの二品ご用意がございます。テクスチャーや香りを確かめてごらんになりますか？」

店員が丁寧に説明してくる。

「そうだね、お願いしようかな」

「かしこまりました。では、右と左の手にそれぞれ塗らせていただきますね」

店員はそう言うと、倉橋の右手の甲と左手の甲に、無香料タイプと香り付きの二品を塗った。

「つけた感じは軽いね」

「そうですね。皮膜を張るような感触のものに対して違和感を覚えられるお子様が多いので、できるだけ軽いテクスチャーに仕上げています。でも、ウォータープルーフですので、もちはいいですよ」

説明を聞きながら倉橋は匂いを確かめる。

「気にならない程度の甘さだね」

倉橋は香り付きのほうを塗った左手の甲を椽へと差し出す。

「こんな感じ」

「別に、気になるほどじゃないが」

「淡雪ちゃんはどっちがいいかな」

倉橋はそう言って、スリングの中で大人しくしている淡雪を見た。

「淡雪ちゃん、どっちがいい？」

そう聞いて、右と左を交互に鼻先に差し出し、香りを確認させる。

その時に初めて淡雪を見た店員は、

「とても肌の白いお子様ですね」

少し驚いた様子を見せながらも無難な言葉をかけてきた。

「先天性白皮症でね。紫外線に極端に弱いから、いろいろと必要で」

「そうでございましたか。涼しくなってきたといっても、まだ紫外線は強いですしね」

倉橋が店員と話している間に、どうやら淡雪は匂い付きのほうが気になるらしく、倉橋の左手を摑んだ。

「匂い付きのほうが気に入ったみたいだね。じゃあ、こちらを」

「かしこまりました。次はUVカットの肌着を、とのことでしたが、お子様の状態からしますと、長袖でご用意したほうがよろしいですか？」

「できれば。でも、暑くないかな」

「接触冷感で速乾素材のものがございますから、そちらをご案内します」

店員に案内されるまま、また売り場を移動し、そこでも倉橋は肌着を上下、洗い替えと念のための分を含めて三着ずつ購入した。

「ありがとうございました」

店員に見送られ、店を出る。

荷物は当然、椽が持ったのだが、

「ガキの服ってあんなに高ぇのか？　使ってる生地なんか大人の半分もねぇのに、大人のより高いの、ザラじゃねぇか」

店を少し離れてから、椽が驚いたように言う。

「使ってる素材がいいものだからね。子供の肌はデリケートだから、縫製にもこだわってるし、特に一番肌に触れる肌着はいいものにしておかないと」

倉橋が当然のように言うのに、椽はため息をついた。

「マジか……。金がかかるんだな、子育てっつーのは」

「まあ、拘り始めればきりがないよ。淡雪ちゃんの場合は、普通の子供と違うから、少し気を遣ってあげないといけないこともあるしね」

そう言ったあと、

「まあ、人間の場合、子供用品は高いのに、使う期間が一瞬だから余計に割高な感じがあるんだけど、淡雪ちゃんは成長が遅いみたいだから、長く着てくれるだろうし、そう思えばコスパはいいと思うよ」

と笑った倉橋が次に向かったのはメガネを販売しているコーナーだった。

そこで買ったのは赤ちゃん用のサングラスだった。

日本では赤ちゃん用にサングラスというのはまだ一般的ではないのだが、海外では瞳の色の薄い子供も多いため、幼い頃から目の保護のためにサングラスをかけることが多いらしい。

そのコーナーで販売されていたのはそういった地域から輸入されたもので、スタンダードなものからユニークなものまでいろいろだ。

目の上下、サイド、すべてをきちんと覆えるデザインのものをピックアップし、淡雪にかけさせてサイズやかけた時の淡雪の反応を見て決める。

ここでも淡雪の目の色を見て店員は驚いた様子だったが、落ち着いた対応をしてくれた。

気持ちよく買い物をして店を出たあと、

「あんた、やけに子供用品に詳しいけど……調べてくれたのか？」

さっきのUVクリームや肌着といい、今のサングラスといい、買う商品のリサーチはある程度すんでいる様子だった。

「産婦人科の看護師にいろいろ聞いたんだよ。色素の薄い知り合いの赤ちゃんに贈り物をしたいんだけど、何かいいものある？　って。彼女たちのネットワークはすごいよ。産後の検診で来るお母さんたちから常に新しい情報を仕入れてるからね」

「蛇《じゃ》の道《みち》は蛇《へび》ってやつか……」

「確かにそう言われればそうなんだけど、なんだか忍びの者って印象がものすごく強くなるね」

倉橋は楽しげに言いながら、次の目当ての店に向かう。

だがその途中、不意に足を止めた。

「橡さん、あの服、どう？」

倉橋が指をさしたのは店頭でマネキンが着ていたカーキ色のモッズコートだった。

「ちょっとカジュアルな感じもするが、似合うんじゃないか？」

橡の返事に、

「俺じゃなくて、橡さんだよ。いつも黒ずくめだからね。黒も似合うけどたまには違う色の服もと思うんだけど」

半分は予想してた、といった様子を見せながら倉橋は返す。

当然、

「いや、俺は別にかまわねぇ」

と言うのも織り込み済みで、

「俺がかまうんだよ。淡雪ちゃんを香坂家に預かってもらってデートなんてこともあるだろうし、その時には違う服も着てほしいからね」

倉橋はそんなことをさらりと言って、店内に入っていく。

そしてマネキンが着ていたのと同じコートを売り場で見つけると、羽織るように指示する。

「うん、似合うね。黒だと印象が重くなるから他の色で……」

「何かお探しですか？」

倉橋が何かを探している様子なのを目ざとく見つけると、すぐさま店員が近づいてくる。

あ、断るならさっさと断らないと、と思った椽だがそれより早く倉橋が口を開いた。

「彼に合う一式を選んでもらえるかな。今羽織ってるコートに合わせて」

「かしこまりました。お客様は今カットソーを着用されていますが、シャツよりはカットソー派ですか？」

にこやかに店員が声をかけてきて、椽は『あ、もう断れねぇ』と覚悟を決める。

「いや、特にこだわりがあるわけじゃ……」

「こういう人だから、黒に安住の地を見つけちゃってね」

椽に続けて倉橋が笑いながら言うと、店員は「黒もよくお似合いです」と言いながらも他の色のトップスをいろいろと提案し始める。

メインが自分ではなくなったのを感じ取った淡雪は退屈そうにしていることもあったが、倉橋が相手をするとすぐに楽しげに声を出して、何やらしゃべっている。

意味不明なおしゃべりに倉橋は適当に相槌をうちつつ、試着を繰り返す椽にも「デザインはいいけどサイズはもう一つ上げたほうがいいかな」だの「もう一つ明るい色も着てみて」だのと指示を出してきた。

そして結局、コート、シャツ、カットソー、ジーンズの四点を買ってもらうことになった。

「いい買い物だったね。店員さんもいい人だったし」

いろいろと買ったからか、支払いの際に店員が、こちらのクーポンをお持ちになったことにして引いておきますね、と割引してくれたし、セール品の中から選んでくれたりもしたので、倉橋としてはお得なお値段でたくさん買えた、という印象だ。

だが、椽は複雑な気持ちだ。

「今日だけでっつーか、チャイルドシートも含めてだけど、あんたにどんだけ遣わせてんだろうな、俺ら」

呟いた椽に、

「気になるのは分かるけど、本当に気にしないで。好きな相手に何かしてやりたいって思うのは当然のことだし、何より俺が楽しくてやってることだからね」

SALE

倉橋はそう言ったあと、

「ついでに言えば、俺、こっちに来てから、びっくりするくらい貯金ができてるんだよね」

少し真面目な顔をして続ける。

「今の病院、そんなに給料いいのか？」

「いや、東京にいた時よりもちょっと下がってる。でも、後藤《ごとう》さんに家賃らしい家賃って受け取ってもらえてないんだよね。光熱費込みでそれでいいの？　って感じ」

東京のマンションは荷物の管理がてら、後輩に半分の家賃で住んでもらっていたが、こちらへの赴任が正式に決まったので、出していた空家賃もなくなった。

倉橋の荷物がなくなったので、後輩はその部屋に友人を呼び、二人でルームシェアをして継続して住んでいる。

「でも、多分一番大きいのは、よく分からない出費が減ったってことかな」

倉橋は言いながら、通路に設置してある休憩用のベンチを指差し、座らない？　と椽を誘い、とりあえず二人で腰を下ろした。

「よく分からない出費？　なんだ、そりゃ」

「前は、ネットで月額料金いくらで映画やドラマ見放題っていうようなプランに入ってたり、あとはアプリゲームに課金してたり、衝動買いしちゃったりしてた。でも、こっちに来てから少しずつそっちの出費が減って、今はほとんどナシって感じかな。一人でゲームしてた時間は後藤さんと一緒にテレビ見て話してたり、佐々木《ささき》さんって宮大工さんのツリーハウスの宴会に呼ばれて顔を出してたり……すごく健全な感じ」

いつだったか後藤の家の引き戸の調子が悪くて、様子を見に来た孝太《こうた》と二人になった時に、なんとなくそんな話になったが、孝太も、

『こっち来てから、俺もほとんどそっち関係の課金なくなったっスわ。あと、交際費みたいなもんもめちゃくちゃ減りました。なんだかんだいって仲間と遊びに行ってたんスけど、やっぱ向こうで遊ぶってなるとお金がかかること多かったんで。でもこっちだと、遊ぶとこ少ないってのもあるけど、あんまそういう遊び方したくなくなるっていうか。ぶっちゃけ、向こうにいた時より給料はアレなんすけど、貯金めっちゃできてるっス。前も実家暮らしで家賃払ってなかったのに、俺、どんだけ遊んでたんだろって感じっスよね』

と、笑っていた。

「仕事が激務なのは自覚してた。だけど、ストレスを感じてるなんて思ってなかったんだよね。でも、わりとそうだったのかなって、こっちに来て思った。余計な出費って多分、逃避行動だったんだと思うし。……好きな仕事で、自分に向いてても、ストレスが溜まるなんて思ってもなかったから驚いてる」

もちろん、全員が田舎に来て自分や孝太のように穏やかに生活ができるとは思っていない。

人口が少ない分、人の繋がりが密になる。そのことが合わない人も確実にいるし、不便なこと

もいろいろある。

たまたまここでの暮らしが合っていた。

人との出会いにも恵まれていた。

だからだと思う。

「独身で、お金を注ぎこまなきゃいけないような趣味もなくて、それでも毎日満足のいく生活ができてる。そのうえ今はこんなにイケメンの恋人がいて、可愛い弟もできて。そこにお金を多少遣うくらいの道楽、許されてもいいいと思ってるんだけど」

倉橋はそう言って、淡雪の頬を指先で撫で、「ね、淡雪ちゃん」と淡雪に同意を求める。

淡雪は倉橋の関心が自分に向いたのが嬉しくて、キャッキャと声を立てて笑う。

「あんたがそれで本当にいいなら……じゃあ、遠慮しないで受け取っとく。ありがとう」

橡が言うと、倉橋は頷き、

「そうして。あとは、体で返してもらうつもりだから、本当に」

そう言うと立ち上がった。

「じゃあ次は淡雪ちゃんのおもちゃを見に行こうか。にぎりんマスコットのスペアを買っておいたほうがいいねって伽羅さんと話してたから……」

倉橋はそう言うと、案内板を見に歩いていく。

橡はそのあとを荷物を抱えてゆっくりと追った。

——こんな風に、人界で淡雪連れてあの人と買い物とか……想像もしなかったな。

自分たちの存在を受け入れられると思っていなかった。

それ以前に、自分が倉橋に恋心を抱いているなんてことにも、ずっと気づいていなかったのだ。

——人生、何が起きるか本当に分かんねぇもんだな。

そう思いながら、『あ、俺、人じゃなかった』と胸のうちで一人突っ込んだ。

4

淡雪のおもちゃを選んで、喫茶店に入って少しお茶を飲み、倉橋が買いたい本があると言うので本屋に向かい、とにかく橡にとっての買い物三昧を体験したあと、夕食を食べた。

やはり子連れでも大丈夫な店はリサーチ済みで、というか、橡が気兼ねしないですむ店という配慮があったのか、ファミリーレストランだった。

とはいえ橡が遠慮をするというのも織り込み済みだったらしく、

「橡さん、特にこれが食べたいっていうものある？」

と聞いてきたので、特にないと答えると、

「じゃあ、俺が適当にいろいろ注文するよ。それを好きなようにシェアするってことにしない？足りなかったら追加していけばいいから」

ということになり、倉橋に任せたのだが、やはり結構やんちゃな注文の仕方をしていた。

結果、テーブルの上には、料理を運ぶスタッフが『え、あそこ大人二人と赤ちゃんだよね？』と若干引いているような気がする数の皿が並んだ。

平日なので近くのテーブルに客はいなかったが、混んでいたら周囲の客にも驚かれる勢いだっただろうと思う。

だが、倉橋はご機嫌で、

「この満漢全席って感じがいいよね」

と満足げだ。

「あんたのツボがどうなってんのか、正直不明なんだが」

「そう？　いろんな料理を並べて食べられるのってよくない？　こういうのができる相手って限られるんだよね。女の子は圧倒的に食べないっていうか、デートでファミレスとか信じられないって感じになるし、医局の同僚とは休みが合わなくて、一人ってことが多くなるし。一人だと食べられる量の限界がすぐだから、こんなふうにはなかなかね」

「そういや、昼飯もわりとこういう感じの注文の仕方してたな……」

「あれで橡さんがどの程度食べられるか分かった感じがするからね。今はちょっと遠慮しないで注文してみた。じゃあ、食べようか。いただきます」

倉橋はそう言うと相変わらず倉橋の膝の上を独占している淡雪と一緒に手を合わせて食事を始める。

食事をしながらするのは、他愛もない話だ。

比べちゃいけないけどピザとドリアはやっぱり伽羅さんのが一番だね、だとか、ドリンクバーはブレンドをし始めるときりがない、だとか、本当に普通の、仲のいい友人同士のような気が置けない会話だ。

はたから見れば少し年の離れた友人同士が子連れで楽しく食事をしている、といった様子に見えるだろう。

もっとも本当はものすごく年が離れていて、むしろ橡のほうが年上で、しかも友人同士ではなく恋人同士になるわけだが。

――そうだよな、この人、俺より若いけど、俺より先に……。

分かりきっていたことを改めて橡は思う。

それは、琥珀と涼聖も同じはずだ。

――琥珀はそのこと、どう思ってんだ……？

自分の好きな相手が、自分より確実に先に逝く。

――一緒にいられる時間が短いって分かってるぶんだけ、会える時だけは優しくしてやろうとか、そうは思ったが――

藍炭は以前そう言っていた。

藍炭が好きになる相手は普通の烏で、人間と比べても寿命はさらに短い。

一体、どれほどの相手を看取ってきたんだろうかと思う。

もちろん、橡とて同族たちを看取ってきた。

母親を看取ったのも、先代を看取ったのも橡だった。

自分が生きてきた時間の中に存在してきた人たちを見送るのは、それが仕方のないことだとしても、悲しかった。

――けど、この人の時は、きっとその誰の時とも違うんだろうな……。

淡雪に食事をさせている倉橋の姿を見ながら、そんなことを考えていると、

「何？　ぼーっとして。疲れた？」

椽の視線に気づいたのか、倉橋が椽を見て言った。

「いや、別にそうじゃねぇ。今日は淡雪がずっとご機嫌でよかったと思って」

淡雪はおもちゃ屋で買ってもらった新しいにぎりんマスコットと、持ってきていたにぎりんマスコットを両手に持って、にぎにぎしながらご機嫌で食事をしている。

倉橋が一緒だということが一番の理由だろうが、今日はずっと機嫌がよかった。

泣いたのはおむつが濡れた時だけだ。

「お気に入りが二つになってよかったね。こっちのムーンボウのほうも、今度から通販で手に入るらしいから、洗い替えを取り寄せしとこうね」

おもちゃを見に行った際に、そこの店員に淡雪の持っているにぎりんマスコットを見せ、これがお気に入りで似たものをと聞いたところ、店に置いてあるものも勧めてくれたのだが、淡雪のお気に入りっぷりを見て、持っている携帯電話で調べてくれたのだ。

すると、最初は専門店店頭でのみ取り扱いの商品だったようだが、来月から通販でも扱うことになったみたいだと教えてくれた。

「うーぅ、あ！　あ」

淡雪は嬉しそうに両手を高く上げる。

その様子に倉橋は目を細めた。

「今日は多分、朝まで寝てくれると思うよ。橡さんもゆっくり休めるかな」

「それが一番ありがたいな。夜中にこいつを抱いて寝付くまでうろついて、一体何回フクロウの野郎に『うるせーな』って目で見られたか……」

「その光景だけ想像するとメルヘンなんだけど、音が付いたら壮絶なんだろうね」

「寝たと思って、寝かしつけたらまた泣くとかザラだ。伽羅は最近、奥義を発見したとか言ってたがな」

最近、勝率が七割超えてきたんですよー、と嬉しげに話していたのは先月のことだ。

何事にも凝り性な性格はそこにも発揮されていたかと思ったが、七尾の稲荷《いなり》が赤子の寝かしつけに本気になっているというのもなかなかレアな光景だと思う。

「伽羅さんは、本当に面倒見がいいからね」

「おかげで助かってる。涼聖さんとこでこいつ見てもらえてなかったら、俺、間違いなくぶっ倒れてたな」

できるだけ頼らないようにとは思っているが、それだけに、いざという時見てくれる相手がいるのはありがたかった。

「まあ、持ちつ持たれつって言うしね。陽くんは椽さんが来るの楽しみにしてるみたいだし、淡雪ちゃんとも仲がいいしね」

「時々、抱いて空を飛んでやる程度のことなんだがな……」

そう言った椽に、倉橋はいいことを聞いた、といった様子で口を開いた。

「今度は俺も、それをお願いしたいね」

「お願いしたいって？　飛びてぇのか？」

そういえば、助けた時は「飛んだ」というよりも「瞬間移動」だったな、と椽は思い返した。

「滅多にできない経験だからね。あ、でも重さ的に無理なら諦めるよ。子供を抱いて飛ぶのとは話が違うだろうし」

とんでもないことを頼んでくるかと思えば妙に現実的だったりする倉橋に、自分たちの住む世界と椽たちが属する世界の両方を自在に行き来できる柔軟さを感じる。

もっともそうでなければ、こうして今、付き合ってなどいないだろうが。

「いや、別に重さは問題ねぇ。けど、飛ぶのは夜限定になるぞ。昼間は人の目につくと厄介だからな」

「全然かまわないよ。じゃあ、椽さんの都合のいい時に」

そんな約束をして、また倉橋は食事に戻る。

その後も何かと話をしながら二時間ほどかけて食事をした。

店を出る頃には淡雪は満腹なのと、一日中テンション高く起きていたのとで眠ってしまっていて、車に戻り、チャイルドシートに寝かしつけられても起きる気配はなかった。

そのため、ＢＧＭは淡雪仕様のアニメソングではなく、ラジオがつけられた。

ニュースなどではなく、淡々とリクエストされる昔の音楽が流れるだけの番組で、時々、倉橋はリクエストされた曲が流行っていた頃の思い出などを話してくれた。

「この歌が流行ってた頃、その時一番仲良かった友達が失恋して、その思い出が染み付いてるんだけど、この曲、翌年もその翌年も、冬が近づくと思い出したように流れてくるから、気まずかったな」

「苦い思い出になるはずが、いつまでも思い出にならねぇ」

「そうそう、容赦なく抉ってくるっていう」

笑ってそんなことを話していると、来る時にはそこそこ時間がかかった記憶があるのに、あっという間に集落に戻ってきていて、香坂家の前の坂道を登っていた。

坂を登りきったところにある香坂家の庭には、すでに涼聖が戻ってきているようで車が駐められていた。そのため、倉橋は香坂家の垣根の前にある少し広くなった場所を使って車を停めた。

「はい、到着。お疲れ様」

エンジンを止めた倉橋がそう言って助手席の椽を見る。

「いや、あんたこそお疲れ様」

櫞はそう言ってシートベルトを外し、そのまま降りようとしてふっとまた倉橋を見た。

倉橋も丁度シートベルトを外したところで、手をドアにかけようとしていたが、櫞はそっと倉橋の反対側の手を掴んだ。

「櫞さん？」

どうかしたのかと問うような様子で櫞を見て名前を呼んだ倉橋に、櫞はそっと身を浮かせて顔を近づけた。

そしてもう片方の手で倉橋の頬にそっと触れ、そのまま口づける。

軽く触れて一度離れ、倉橋が名前を呼ぼうとしたところで再び口づけた。

開きかけていた唇の中へと舌を差し入れ、倉橋の口の中を好き勝手に舐めまわす。

「ん……」

鼻から抜けるような声が倉橋から漏れる。

その声と同時に、まるで抗議するように倉橋の手が櫞の腕に伸びたが、ぎゅっと腕を掴んだだけだ。

それに気をよくしながら、櫞は舌を絡ませる。

くちゅ、と濡れた音が車内に響いた。

倉橋の車が停まったことは、涼聖たちも気づいているだろう。

その後降りる気配がないのを訝しんで、誰かが様子を見に来るかもしれない。

そうなる前に離れないと、と思うのだが、どうしても止められず、もう少し、もう少し、と終わりを先延ばしし、椽は貪るように倉橋に口づけていた。

だが、不意に、

「ふ…ぇ…、ふぇぇぇぇっ、ふぇぇぇ……！」

後部座席のチャイルドシートでスヤスヤ寝ていたはずの淡雪が泣き出し、その声に椽は慌てて唇を離した。

「淡雪……」

「ああ、淡雪ちゃん、起きたら真っ暗で怖かったのかな」

倉橋は少し濡れた声を纏いつつ、淡雪に声をかける。

暗闇の中、淡雪は両手をぶんぶんと、何かに抗議するようにして振るっていた。

「にぎりんマスコットを捜してるんだね。ちゃんとあるよ、ちょっと待ってて」

倉橋はそう言うと運転席から降りた。

そして後部座席のドアを開け、他の荷物と一緒に入れていたにぎりんマスコットを取り出すと淡雪の手に握らせる。

淡雪が寝てしまった時、手から落としたのでしまっていたのだ。

「ぅー……っ、えっ、えっ」

持ち慣れた感触に淡雪は少し落ち着いたが、ぐずぐずと泣くのをやめようとはしない。

「はい、いい子いい子。ちょっと待って、車から降ろしてあげるからね」

倉橋は言いながら橡を見た。

「橡さん、こっち来て荷物下ろしてもらえるかな。俺は淡雪ちゃんを抱っこして宥めるよ」

それに分かった、と返事をして、橡は助手席から降り、倉橋がいた運転席側の後部座席へと向かう。

倉橋はその間に、淡雪のチャイルドシートがある助手席側の後部座席に向かい、淡雪をチャイルドシートから降ろして抱っこした。

「大好きなにぎりんマスコットがなくて驚いたんだね。大丈夫だよ、ちゃんとあっただろう？」

抱っこする倉橋に甘えるように頭を預けながら、それでもまだ淡雪はぐずぐずと泣いている。

とはいえ、号泣モードに入らなかったことに橡はほっとした。

下ろした荷物を手にした橡は淡雪を抱く倉橋へと歩み寄る。

「……あんたとイチャつこうと思ったらまず淡雪をなんとかしねぇと……。こいつ、絶対なんかセンサー付いてると思う」

思えばこれまでも、倉橋絡みでは——橡が恋心を自覚する前から——淡雪に邪魔をされたような気がする。

「何、言ってるんだか。真っ暗で怖かったんだよ」

倉橋がそう言ったとき、香坂家の玄関が開く音が聞こえ、「おかえりなさーい」と陽が迎えに出てくる声がした。

それに「ただいま」と返しながら淡雪を抱いた倉橋が玄関に向かっていくのを、椽は荷物を持って追いかけた。

◆◇◆

初めてのお買い物デートから二週間。

椽は倉橋から集落に呼び出されていた。

『いつもの服でいいから、一人で集落の後藤さんの家に来てもらえないかな。伽羅さんに話をしてあるから、淡雪ちゃんは預けてきて』

という伝言は、いつもの倉橋にしてみればずいぶん珍しいものだった。

淡雪を預かってくれた伽羅も、

『二人きりで会おうなんて、倉橋先生、覚悟決めたんですかねー』

などと煽るようなことを言ってきた。

もちろん、鼻で笑ってきたが、後藤の家へと向かいながら、もしかするともしかするのかもしれない、とほんの少し、あくまでもほんの少しだが、椽は期待した。

そして後藤の家につき、呼び鈴を鳴らすと中から倉橋の声が聞こえ、すぐに玄関が開けられた。

「ああ、椽さん、よく来てくれたね。ありがとう」

笑顔で迎え入れてくれた倉橋は、やっぱり綺麗で男前で、この人のことが本当に好きだなと改めて椽は自覚した。

「いや、別にかまわねぇ……。けど、淡雪を預けてこいって、なんかあったのか？」

椽が問うと、倉橋は、

「この前出かけた時、『体で返してもらう』って言ったの覚えてる？」

ほんの少し、いたずらな様子を覗かせた笑みを浮かべて聞いた。

「……あ、ああ」

――二人きりで会おうなんて、倉橋先生、覚悟決めたんですかねー――

脳裏に、出がけに伽羅が言った言葉が蘇る。

「それ、今日でもかまわないかと思って」

――マジで、なのか？

椽がそう思った時、

「ああ、来てくれたのか」

家の奥から後藤が姿を見せた。

「ええ、来てくれましたよ」

倉橋はにこりと笑って後藤へと振り返る。

「あんたも忙しいだろうに、悪いなぁ」

後藤は何か申し訳なさそうだが、呼び出された理由がさっぱりな椽は、曖昧に「いえ」と言うしかなかった。

その椽に、

「後藤さんの部屋と居間の模様替えをしたいんだよね。それで家具の移動とか、手伝ってほしくて」

倉橋はにこやかに言う。

「え？」

「後藤さんにあまり重たいものとか持ってもらうのは、血圧の関係でよくないし、俺一人だと難しくてね。そういえばこの前、ごちそうした時に、体で返すってことで合意したのを思い出したから、来てもらったんだけど」

説明した倉橋は、どう控え目に見ても『してやったり』と言いたげな顔をしていた。

「あんたな……」

脱力しそうな椽から、何かしらの気配を感じ取ったのか、

「何か都合が悪かったんじゃないのか？」

後藤が問う。

「ああ、いえ。大丈夫です」

慌てて返した椽に続いて、

「淡雪ちゃんが心配かもしれないけれど、段取りよくいけば、おやつ時には終わると思うよ」

倉橋は言い、椽の様子を窺う。

楽しげな倉橋の様子に、

――まったくこの人は……。

そう思いながらも惚れた弱みってもんは怖いなと思いつつ、

「じゃあ、始めるか。何から手伝えばいい？」

椽はそう言って、後藤の家に上がった。

そして作業がすべて終わるまで――いや、作業が終わってからも「ついでにあれを動かしてくれんか」「次はあれを」と、どんどん追加される後藤の要求に応え、きっちり体で返すことになった椽だった。

おわり

こんにちは。大みそかの夜から正月二日まで、部屋の獣道の拡張工事にいそしんでいた松幸《まつゆき》です。おかげさまで獣道は少し広がりました。

広がりましたけど、片付いたわけではなく散乱していた荷物が「なんとなく整理されている風に別の場所に積み直された」だけなので、今年も元気に汚部屋始まりです。

まあ、そんなしょっぱい話題は横におきましてですね！　狐の婿取り、なんと十三冊目です！　無事に倉橋《くらはし》先生の発掘（？）も終わっての十三冊目は、なんとなくふわっと新たな展開めいたものが？　でございます。

陽《はる》ちゃんが孝太《こうた》くんと仲良しだったり、成沢《なりさわ》先生が相変わらず陽ちゃんを溺愛していたり、橡《つるばみ》さんが案の定倉橋先生の尻に敷かれてたり、淡雪《あわゆき》ちゃんがご満悦だったりします。え？　ＢＬ要素ですか？　大丈夫です、だって二組もカップルがいるんですよー。ないわけないじゃないですかー（若干棒読み加減）。いえ、大丈夫です！　尻に敷かれてる上に、異母弟にも邪魔されてるけど、橡さん、頑張ったはず、です……。

そんな今作も、挿絵はみずかねりょう先生が素敵に描いて下さいました。

もう、ヤバいでしょ！　表紙の陽ちゃんのあの姿勢！　ああああかわ

あとがき

いいいいいいい。そして口絵の御用聞き姿。無駄に御用を頼みたい。聞きに来てもらって、「お菓子食べてく?」って誘って一緒におやつタイムを過ごしたい。

そんな妄想が広がりまくる素晴らしいイラストを、今回も本当にありがとうございました!


年々一年が過ぎるのが早く感じられて、目の前のことをこなしていくのにいっぱいいっぱいなことも多いですが、いつも支えになるのは、読んで下さる皆様からのお手紙だったり、メッセージだったりです。本当にありがとうございます。なかなかお返事をすることができずにおりますが、すべて嬉しく読ませていただいております。

あと、こうして一冊の本として形にしていただくのに、編集さんを始め多くの方にお世話になっています。いつも本当にありがとうございます。

これからも頑張りますので、どうぞよろしくお願いします。

二〇二〇年　気がつけばオリンピックイヤーで焦る一月初旬　松幸かほ

成央大学付属病院には多くの医師が在籍する。

そして、その医師より多くいるのは看護師だ。

かつては「看護婦」と呼ばれ、女性が多い職場という印象だったが、「看護師」と呼ばれるようになり、少しずつ男性も増えているが、今も女性の多い職場である。

そして女性が多い職場での仕事以外の話で多いのは「恋愛・結婚・結婚生活」の話と「おいしいものの話」だ。

その中でも、独身の女性看護師たちの最大の話題は、この病院の次期院長となる御曹司、成沢《なりさわ》智隆《ともたか》に関係したことだ。

「ねぇねぇ、成沢先生のオペスタッフの子の話、聞いた?」

「え? 何かあったの?」

今日も今日とて、入院棟のあちこちのナースステーションで成沢の話題になる。

「最近、成沢先生の様子がおかしいって」

「おかしいって、どういうふうに?」

「時々、携帯電話を見て、すっごく嬉しそうにしてるって。もう、これ以上ないってくらい優しい顔してる時もあるらしいわよ」

その場にいた女性看護師たちが、ざわつく。

「え……それって…」

「まさか、意中のお相手ができたとか?」

「え、でも、デートの目撃情報とか聞いてないわよ」

年齢的にはいつ結婚してもおかしくない成沢だが、未だ独身だ。

これまでいくつか、名家と呼ばれる家の令嬢やら、元モデルだの、ミス●●だのといった相手との噂はあった。

噂だけではなく、車の助手席に女を座らせていたとか、一緒に食事をしていたという目撃情報(いずれも携帯電話で撮影した写真付き)もあったが、どれも結婚には至らなかった。

成沢の理想が高いというのもあるだろうが、それ以上に、「成沢をサポートする」という立場が現実としてちらつくと、しり込みしたのではないのかというのが、看護師たちの一致している見解である。

それというのも、そもそも、成沢の母親というのがスーパーすぎる。

成沢の少し年の離れた姉と言っても通るほど若く見える外見と美貌に加え、茶道と華道は師範の免状を持っており、英語は流暢《りゅうちょう》、フランス語も英語ほどではないらしいが日常会話には不自由しないというスペックだ。

それでも本人は「夫の手の届かない部分をサポートするために努力をしてきたが、まだまだ足りていないと痛感することが多い」と現状に納得していない様子だ。

そんな向上心を持つ彼女が姑となった時のことを考えると、まあまあ気持ちは重くなるだろうと察することができる。

「また、いつもの感じで逃げてっちゃうパターンじゃないの？」

これまでのことを考えると、その可能性が高い。だが、

「それが、オペスタッフの子たちの話を総合すると、どうも院長も院長夫人も、すでに一度会ってる可能性が高いらしいのよ」

「え……」

「相手の名前までは分からなかったし、それが携帯電話の相手と同じかどうかは分からないらしいんだけど、『また家に泊まりに来てもらいなさい』って院長が言ってて『母さんも楽しみにしてるみたいですしね』って成沢先生が話してたって」

「ちょ…！　また泊まりにってことは、もうすでに一度は泊まってるってことよね？」

もたらされた情報に、動揺が走る。

「今度こそは、ちょっと、アレなんじゃないの？」

「うわ……なんか、リアルに落ち込んできた」

彼女たちとて、これまでの相手で無理だったという事実から、自分たちが成沢の相手になれるなどとは思っていない。

もちろん、可能性としてゼロではないだろうが、まあ無理だろうなと察しているというか、現実的ではないことくらい分かっているのだ。

だが、夢を見るのは自由だ。

よって、その夢を見せてくれる対象である成沢に恋愛問題が起きるたびに彼女たちは一喜一憂しているのではあるが、今回は最大の砦である院長夫人をも超えた可能性があるという推測には大いに憂うしかない。

「……こうして、また一人、イケメンが消えていくのね……」

ふっと寂しげな笑みを浮かべ、一人が呟く。

「まだ、決まったわけじゃないわよ」

そう言うも、どこか敗戦の色が濃厚だった。

その中でも超ポジティブな考え方を持つ者は、

「大丈夫、バツ1になって再び放流されるのを待てばいいんだから！」

まだ結婚するかどうかも分からないのに、離婚するのを待つという気長すぎる作戦を口にする始末だ。

こうして、女子看護師たちの心をかき乱している成沢の結婚問題に、さらなる情報がもたらされるのは翌週のことである。

成沢が旅行のために冬休みを申請したというのだ。

「すっごく嬉しそうだったって」

「海外に行かれるんですか？　ってさりげなくオペスタッフが聞いたらしいのよ。そしたら、国内だけど、行き先は内緒、って言った時の顔がもう、楽しみで仕方ないって感じだったって！」

「ちょっと、婚前旅行ってこと？」

今日も今日とて、各科のナースステーションは「成沢結婚するかも問題」で紛糾していた。

だが、彼女たちは知らない。

成沢を「楽しみで仕方がない」笑顔にしているのは、小さな男の子であることを。

「あーあ、早く冬休みにならないかなぁ……。一緒に何して過ごそうかな」

今日もうまくいったオペ終了後、コーヒーブレイクを取りながら呟いた成沢のその一言は、翌日また各科を騒がせるのだった。

おわり

主な出演者

＜狐組＞ 月草　玉響　伽羅　影燈　橡　阿雅多　浄吽

＜ちみっこ組＞ 陽ちゃん

チケットのお求め先

◆**本宮歌劇チケットサービス(書状による販売)** 白狐さま宛に文をお送りください。

◆**プレイガイド** ＜プレイガイドでのご購入の詳細は、各プレイガイドにお問い合わせください＞

チケットシロ　祭神チケット　佐々木プレイガイド　a+(淡雪プラス)

※イラストと小説内容は、**かなり**異なります。

CROSS NOVELS既刊好評発売中

俺は多分、あんたのことが……！

狐の婿取り―神様、告白するの巻―

松幸かほ　　Illust みずかねりょう

「おまえ、好きなやつはいるのか」
狐神琥珀とチビ狐・陽と三人仲良く暮らしている医師涼聖は、先輩の倉橋から
とある相談を持ちかけられる。一方その頃、倉橋に対して“恋”を意識しはじめた
橡は、本人の前でのみ挙動不審な状態に!?
しかしどうやら動きはじめたのは橡の恋心だけではないようで？
新たな事件が幕を開ける本編&陽ちゃんと女神たちの笑撃な夜を
こっそり覗けちゃう短編二本を同時収録♪

CROSS NOVELS

CROSS NOVELSをお買い上げいただき
ありがとうございます。
この本を読んだご意見・ご感想をお寄せください。
〒110-8625
東京都台東区東上野2-8-7　笠倉出版社
CROSS NOVELS 編集部
「松幸かほ先生」係／「みずかねりょう先生」係

CROSS NOVELS

狐の婿取り—神様、進言するの巻—

著者
松幸かほ

2020年2月23日　初版発行　検印廃止

発行者　笠倉伸夫
発行所　株式会社　笠倉出版社
〒110-8625　東京都台東区東上野2-8-7　笠倉ビル
[営業]TEL　0120-984-164
FAX　03-4355-1109
[編集]TEL　03-4355-1103
FAX　03-5846-3493
http://www.kasakura.co.jp/
振替口座　00130-9-75686
印刷　株式会社　光邦
装丁　磯部亜希
ISBN　978-4-7730-6020-1
Printed in Japan